U0895110

MY GEEKY NERDY BUDDIES

大宅男

食冻面作品

MY GEEKY NERDY BUDDIES

中国出版集团
现代出版社

目录 | Contents

前言　本小说就是要疯狂搞笑！

有些人可能不认识我，容我在这里自介一下——我是 Stoneman，笔名食冻面，擅长撰写笑点密集的小说。

现在的社会压力大，很多人渴望在休息时间放空自己，从头笑到尾，我就是帮大家实现这个愿望的人，还顺便让您感动一下。

这本小说，所有笑点和剧情都经过我的脑袋重新构思，比电影版《大宅男》更丰富、更精彩，请各位安心阅读；本书几乎都是新哏，请各位放心大笑。

“如果小说和电影内容都一样，读者看小说就好啦，干吗还进场看电影？”基于这个想法，所以电影公司给我绝对的自由，我爱怎样搞笑就怎样搞笑，务求让大家在看小说和看电影时有不一样的感受！

《大宅男》这个案子要追溯到几年前，当时电影公司买了我的“正妹大学宅男系列”的影视版权，剧本经过数年改编后，演变成今天的《大宅男》。

电影里的男女主角关阿宅和雅玲，角色原型是《正妹大学宅男社》里的宅神和婷雅。

电影里的抠男大朋和川美，角色原型是《正妹大学抠男社》的男主角渝寇和便利商店小妹。

电影里的高高迪和小硬，角色原型是《正妹大学宅男社》的干部郃克麻和小勃。

换言之，《大宅男》这部电影结合了“正妹大学宅男系列”的所有特色，内有宅男，有抠男，有嘴贱男，有俗男！这群男生组成一个联盟，为了追求美女不断努力，大魔王则是富二代吴守正，角色原型是《正妹大学宅男社》的人生胜利组——吴多金。

情况就像美国的 Marvel Studios，出了《美国队长》，出了《雷神》，出了《钢铁侠》，出了《绿巨人》；最后，他们拍下《复仇者联盟》，用一部电影把所有经典人物通通结合起来。

《大宅男》就是华人世界的《复仇者联盟》，用一部电影把《正妹大学宅男社》《正妹大学抠男社》《我的女友宅很大》和《正妹大学之宅男大改造》这四部著作的经典人物结合起来，一次让大家看个爽！

如果大家想重温以上著作，或看我的其他搞笑小说，请上我的官方网站 http：//FunNovel.com。

●●. 01

MY GEEKY NERDY SUPERSTIES

谁说美女和宅男活在两个不同世界？

学校一年一度的运动会，是宅男们每年难得出门的大日子。

运动场上，女学生们穿着紧身运动服参加各类比赛，有的打篮球，有的跑田径，挥洒着青春的汗水；场边所有宅男已经忘了什么叫理性，纷纷拿出手机拼命拍，连擦鼻血的时间都没有。

宅男当中，只有站在我旁边的酷脸男没有掏手机，他全程盯着看台另一端的校花雅玲，专心致志，对运动场上的女学生不屑一顾。

直到我调整手机位置时，不小心碰到酷脸男，他的视线方离开雅玲，跟我四目交投。

“不好意思。”我说。

“没关系。”酷脸男主动问我，“你是不是住在 219？”

“对啊，你怎么知道？”我反问他。

“我这两天常常看到你，我住在你隔壁 218。”酷脸男说，“之前都没看过你，你是新生吗？”

“我刚转学过来。”我答。

“我姓关，大家都叫我阿宅。”酷脸男自我介绍。

“哦，关阿宅。”我道。

“你呢？叫什么？”酷脸男关阿宅问我。

“我叫 Stoneman，笔名食冻面。”我道，“美食的食，冷冻的冻，牛肉面的面。”

“哦，美食冷冻牛肉面。”关阿宅说。

“不是，是 Stoneman！”我说。

“美食冷冻牛肉面，你为什么会有笔名？”关阿宅问我。

“我是写小说的，取个笔名装一下文青很正常。”我道。

“你的笔名哪里文青了？你不说，我还以为你是卖面的呢！”关阿宅问，“你出过什么书吗？”

“我出十几本了，目前最有名的是《正妹大学宅男社》。”我道。

“哦，有听过，原来那本低级小说是你写的？”关阿宅问。

“哪里低级了？它明明是一部有浪漫、有搞笑、有恋爱、有青春、有激情的热血小说！”我说。

“那你可不可以帮我写一部小说？”关阿宅偷偷指着看台另一端的雅玲，害羞地对我说，“你帮我写一个校园爱情故事，以我为主角，向她表白我的爱意。”

“你想要怎样的故事内容？”我问。

“很简单，故事里要有浪漫告白，要有青春热血，要有浪漫激情；最重要的是——要有挡子弹！”关阿宅非常认真地说。

“挡……挡子弹？”我眉头一皱，“同学，你到底要校园爱情故事，还是警匪片啊？”

“挡子弹是必须的。”关阿宅说，“当女主角被坏人用枪指着头，生死一瞬间，我关阿宅穿着风衣，咬着玫瑰花潇洒出场，然后用我的胸部替女主角挡下子弹！任何女生看到这种剧情，都会痛哭流涕，恨不得马上跟我交往！”

“为了一颗假子弹跟你交往？现在的女生有这么好骗吗？”我用鼻子喷气，“再说，你跟她在现实生活中应该没有任何交集吧？你仰慕她，但她根本不认识你，对不对？”

“谁说她不认识我？我跟她很熟！”关阿宅说。

“装什么熟啊？她是校花，你是阿宅，两个不同世界的人怎么可能很熟？”我不相信。

“我可以证明给你看。”关阿宅说。

雅玲一直盯着排球场上的风云人物吴守正，看得出神，关阿宅大声向她打招呼，连喊带跳，总算成功转移了雅玲的注意力。

雅玲发现关阿宅后，带着甜蜜的笑容向他热情挥手，感觉仿如认识很久的好友。

“还真的咧……怎么可能？”我不敢相信眼前的画面。

“相信了吧？”关阿宅向我露出胜利的笑容，“走！我带你过去认识本校第一校花！”

关阿宅带我靠近雅玲，走到她身旁时，她嗲声嗲气地说：“阿宅，帮帮我。”

“怎么了？”关阿宅问。

“处女宫好难哦！我一直破不了。”雅玲噘着嘴巴说。

“手机给我，我帮你破！”关阿宅装模作样地拍着胸脯，摆出一副凝重的表情接下雅玲的手机，俨然如一个即将上战场赴死的英雄。

“谢谢！”雅玲嘴巴感谢关阿宅，眼神却偷偷往场上的吴守正飘去。

“处女宫”是某个转珠游戏其中的一关，这一关卡住了不少中等以下的玩家，同时也为技巧高超的宅男们制造了很多把妹的机会。

“我跟你说哦，这一关控场很重要，一定要带转心宠和爆发宠，不然很难过。”关阿宅一边帮雅玲破关，一边说着普通人听不懂的游戏术语。

“哦……”雅玲根本没在听，场上的比赛进入关键时刻，吴守正跳到半空，准备杀球了。

“看好啰！接下来这一下，我会创造出最大的攻击力，起码会超过十个 combo！”关阿宅指尖蓄势待发，不忘挺起胸膛，等着接受雅玲的崇拜。

“打得好！太棒了！”吴守正杀球成功，雅玲情不自禁地大叫。

“好说好说，不要赞美我，不然我会骄傲。”关阿宅嘴巴说不要，表情却已经爽到外太空。

就这样，阿宅一边盯着荧幕一边自言自语，雅玲一边看比赛一边大喊助威，两个人基本上没有互动可言。

时间不知不觉地流逝，在排球比赛结束之际，关阿宅也刚好破了“处女宫”。

“破了！”关阿宅大叫。

“破了？”雅玲转头，瞄了手机屏幕一眼，雀跃地大叫，“真的耶！我处女破了！我处女破了！耶！”

看台上所有人停止了手上的动作，纷纷盯着雅玲看。

“谢谢你帮我破了处女！谢谢你！”雅玲兴奋得手舞足蹈。

旁边的宅男们听傻了，手机纷纷掉到地上。

“我去找守正庆祝了！谢谢你帮我破关！”雅玲拿回手机，临别前向阿宅送上飞吻。

雅玲走远后，关阿宅得意地对我说：“看到了没？谁说美女和宅男活在两个不同世界？我跟她可熟得很，她还送我飞吻呢！”

“是没错啦。不过在我看来，你只不过是一个帮她破关的工具人而已。”我道。

“唉，吴守正是她的首选，我玩游戏再怎么厉害，在现实生活中也只能当她的后备。”关阿宅心酸地说。

“别难过了，山林那么大，不是只有一个洞，其他的洞可能更温暖，去好好发掘吧！”我拍拍关阿宅的肩膀，企图帮他解脱。

“可是我的心里只有雅玲，我才不要发掘其他的洞！”关阿宅执迷不悟地说。

“那……好吧，既然你已经认定那个洞是你的归宿，我也不方便说什么了，再见！”我转身准备离开。

“别走！我接下来全靠你了！”关阿宅向我大喊。

“靠我？”我转头问，“靠我什么？”

“你不是答应帮我写一本小说，有浪漫告白、有青春热血、有浪漫激情，还有挡子弹吗？”关阿宅问我。

“我什么时候答应了？”我没好气地问，“校园爱情喜剧哪来的子弹？这里不是美国！”

“拜托啦！如果我能送雅玲一本为她而写的小说，为她挡子弹，为她付出我的所有，让她一边看一边流下感动的眼泪，说不定我就能从后备变成正选了！”关阿宅说。

“好啦，我可以帮你写，但请问你打算付我多少稿费？”我道。

“我把银行所有积蓄都给你！”关阿宅说。

“你银行有多少积蓄？”我问。

“三十元。”关阿宅说。

“三十元？”我冷冷地说，“这种价钱，我只能写你挡子弹之后，突然很想吃面包，又嫌面包难啃，所以拿伤口的血当果酱蘸着吃。”

“不要乱写！我要的是雅玲为我流眼泪，不是翻白眼！”关阿宅大叫。

●●. 02

MY GEEKY NERDY BUDDIES

一年一度的
变装派对

关阿宅为了怂恿我以三十元低价帮他写一部感动女神雅玲的作品，当天晚上把我拉到218寝室，说要请我吃大餐。

人在走廊已经闻到一股浓浓的烤肉香，当我踏进218的一刹那，四周烟雾弥漫，双眼差点被熏出眼泪；我咳了两口，拨开眼前一片灰蒙蒙，方发现几个宅男正围在寝室中央的桌旁，左边区域以洗脸盆煮面，右边区域以书架烤肉。

关阿宅把那群宅男介绍给我认识，他们分别是胖子小硬、抠男大朋、俗男高高迪、皓呆和细汉。

我和关阿宅刚坐下，胖子小硬一边嚼肉一边引经据典："莎士比亚说过，烤肉是这个世界上最美味的食物！"

"莎士比亚真的有说过这句话吗？"我怀疑地问。

"当然有！"小硬拍了拍自己的胸膛，模仿英国人的语气说，"My name is Shakespeare！我就是莎士比亚！"

"你别看小硬一脸痴肥，其实他刚来学校时是个瘦子，还是个帅哥。”关阿宅对我说。

“那怎么会变成现在这样？”我问。

“因为他智商有问题！”关阿宅吃下一口面，认真地说，“小硬老是躲在电脑前找美女，喜欢上就加好友，聊不到十分钟就告白求交往，谁会答应啊？”

“什么智商有问题？我这样做才是最聪明的！”小硬道，“女神卡卡曾经说过，开口告白，至少有一半机会成功，不开口，机会就是零！”

“小硬就是笃信这个原则，每天跟三到五个美女告白，每天被不同女生打枪。后来他自暴自弃，暴饮暴食，就变成你现在所看到的肥猪了。”关阿宅难过地叹气，为小硬流下一滴怜悯的眼泪。

“都别抢！这两块是我的！”身穿廉价衣服的抠男大朋突然咆哮一声，右手高举筷子，迅速往下坠，以雷霆万钧之势打掉其他人的筷子，夹走两块刚熟的烤肉。

宅男们纷纷骂脏话，大朋得意一笑，把其中一块烤肉分给我。

“谢谢。”我说。

“好兄弟，谢什么。”大朋一边帮我涂烤肉酱，一边客气地问我，“新来的，听说你要帮阿宅写一部小说，帮他追雅玲是吗？”

“这……”我澄清，“今天我和阿宅在运动会上是有聊到这个啦，不过我还没……”

“我也要！”大朋打断我。

“啥？你也要？”我眉头一皱，没想到一波未平，一波又起。

“我暗恋那个便利商店店员很久了，她叫川美。”大朋用力拍我的肩膀，“好兄弟，你帮我加一段，写我为了救川美，一个人挺着胸膛赶到动物园，跟绑架她的坏人展开一场生死对决！”

“为什么绑架她的坏人会去动物园？他们是白痴吗？动物园游客那么多，他们带肉票逛动物园，不怕遇到警察吗？”我问。

“这不重要！重点是我英雄救美，而且对小动物很有爱心！”大朋唾沫横飞地说，“在枪林弹雨下，我为了保护熊猫差点丢了性命，幸亏我武功高强，以一双拳头打败三十个坏人，事后成了全校所有女生仰慕的对象，但我仍然只爱川美一个！”

“不会有女生为了这种夸张剧情仰慕你好吗？”我说。

“我也要！我也要！帮我加一段！我也要英雄救美！”小硬拉了拉我左边的衣袖。

“我也要救美！我也要救美！”高高迪拉了拉我右边的衣袖。

“我们也要！帮我们加一段同性恋救同性恋！”皓呆和细汉用渴望的眼神看着我。

“挤太多人了啦！同一本书挤一堆英雄，每个都要救人，这个世界哪来那么多笨蛋要救？”我说。

“应该没关系吧？反正我们这里有宅男、有抠男、有俗男，还有嘴贱男，每一个都有自己的特色。”关阿宅提议道，“书名干脆叫《大宅男》好了。”

“不好意思，你说的这些，我都写过了。”我道。

“你写过宅男了吗？”关阿宅问。

“写过了，书名叫《正妹大学宅男社》。”我咬下一口烤肉。

“你写过抠男了吗？”大朋问。

“写过了，书名叫《正妹大学抠男社》。”我喝下一口可乐。

“你写过粗俗男了吗？”高高迪问我。

“写过了，书名叫《正妹大学之宅男大改造》。”我咬合牙齿，让嘴里的烤肉和可乐融为一体。

“你写过嘴贱男了吗？”小硬问。

“写过了，书名叫《我的女友宅很大》。”我打了一个满足的嗝。

“写过又怎样？就不能写一本书结合这些角色吗？”大朋说，“就像美国的 Marvel Studios，拍过《美国队长》，拍过《雷神》，拍过《钢铁侠》，拍过《绿巨人》，拍完不代表一切就结束，他们后来还拍了《复仇者联盟》，用一部电影把这些人物通通结合起来！”

“没错！”关阿宅对我说，“你也可以出一本《大宅男》，把你写过的经典人物通通结合起来！”

“我不得不说，你这个建议很不错，但对你很不利。”我道。

“对我很不利？”关阿宅一脸疑惑。

“本来你是唯一的男主角，现在把他们都加进来，你的戏份会被他们分掉。”我说，“角色太多，雅玲看了会分心，搞不好她看完之后喜欢上他们其中一个，而不是你。”

“这……这……”关阿宅惊觉事态不妙，“Stoneman，我收回刚才的话，你删掉他们没关系，我的剧情才是最重要的，你只要写我就可以了！”

“切你爸的蛋！”高高迪愤怒大叫，“关阿宅，什么叫删掉我们没关系？”

“你讲话怎么这么粗俗？”我问高高迪。

“切你爸的蛋！老子哪里粗俗？”高高迪反问我。

“一天到晚蛋来蛋去，还不粗鲁？”我说。

“高高迪前阵子跟一个富家女打赌，所以他最近不能问候别人的长辈，也不能讲性器官。”大朋说。

“为什么会有这样的打赌？”我问。

“那天，富家女嫌高高迪粗鲁，说他如果不骂脏话，就会活不下去。”大朋道，“所以他们就打赌了，如果高高迪能够连续一个月不问候别人的娘亲，不讲性器官，富家女就跟他交往！”

“富家女赢定的嘛！”我对高高迪说，“看你这副德行，应该撑不了一个小时吧？”

“切你爸的蛋！老子已经撑三个礼拜了！只要再撑十天，老子就有女朋友了！”高高迪举起十根手指头，兴奋大叫。

“你刚才明明就提了我的长辈，还讲了性器官，真的没有骂脏话吗？”我质疑。

“切你爸的蛋！哪个字是性器官？”高高迪反问我。

“蛋。”我答。

“蛋是一种食物好吗？”高高迪狡辩，“老子的意思是说，下次你爸爸要吃鸡蛋的时候，老子帮他切一切，比较好咀嚼啦！”

“好一个游走边缘的高手！”我甘拜下风，“竟然用你爸的蛋代替传统的脏话，别人听得出你在骂他，就算心里不爽，却告不了你！”

“好说，好说！”高高迪一脸得意，“老子比阿宅有特色多了，你要不要考虑让老子当男主角？”

“可是我跟你还不熟……”我道。

“切你爸的蛋！吃过烤肉就是好兄弟了，少装不熟，顶多老子明天带你去变装派对见识一下！”高高迪搭着我的肩膀说。

“什么变装派对？”我好奇地问。

“我朋友办的变装派对，每年都会办一场，全校的美女都会去哦！”高高迪说。

一听到关键字，除了皓呆和细汉这对同性恋，所有人纷纷放下手中的烤肉，竖起耳朵。

这一刻，没有人敢发出声音，连吞口水都嫌吵，生怕错过任何一个重要的字。

“我朋友每年都会发邀请函，邀请全校所有女同学参加，当中不乏处女。”高高迪道。

“好想去哦……”小硬听得口水直流。

“去什么去？像你们这些宅男，没有熟人带，别妄想能进去！”高高迪说。

“一场好兄弟，你就带我们进去嘛。”大朋说。

“求我啊。”高高迪交叉着双手，摆出一副皇帝的嘴脸，“你们跪下来求老子，老子就考虑一下！”

“哼！我才不稀罕去那种品流复杂的地方！”关阿宅用高尚的口吻说，并以圣人之姿蔑视高高迪。

“那个校花雅玲，明天晚上也会去。”高高迪说。

关阿宅立刻跪在地上：“高高迪，求求你带我进去！拜托！”

大朋跟着跪了下来：“高高迪，我也要！求求你带我进去！”

小硬跟着跪了下来：“南非已故总统曼德拉说过，不带朋友去变装派对，将来一定会被天谴！”

我翻白眼：“曼德拉什么时候说过了？”

小硬拉了拉我的衣袖：“你废话真多耶，还不赶快跪下来求高高迪？”

大朋命令我：“Stoneman，快给我跪下！”

我没好气：“拜托你们有一点男性尊严好吗？”

高高迪慈悲为怀地说：“好啦，看你们这么有诚意，还用跪的，明天晚上老子带你们一起去！”

“耶！高高迪万岁！高高迪万岁！”大朋握着拳头大叫，吵得天花板快要塌下来。

“太好了！”小硬兴奋得手舞足蹈，陷入忘我的状态，拿起桌上那些用过的卫生纸，像撒花一样到处乱丢。

“喂！不要乱丢！我还要用！”大朋伸手阻止小硬，并捡起散落地上的卫生纸。

“这些卫生纸已经用过了，你还要用？”小硬问。

“要啊！它们的背面是干净的，把它们反过来，可以拿来擦屁股！”大朋认真地说。

众人昏倒。

“真不愧是抠男！”我说。

●●. 03

MY GEEKY NERDY BUDDIES

有些事情是看长相的

隔天下午，高高迪带着我、关阿宅、大朋和小硬来到电视台的化妆间。

“这位是高勇侠，负责帮你们做造型。”高高迪把造型师介绍给我们认识。

“今天晚上的变装派对，每个人都要扮演一个角色才能进场，你们几个想扮什么？”高勇侠问。

大朋问：“有没有袋鼠衣？”

高勇侠答：“有！”

大朋说：“我想扮袋鼠，对了，腹部请帮我缝一个大袋子。”

高高迪问：“干吗缝一个大袋子在前面？”

大朋露出诡异的笑容：“晚上你们就知道！”

高高迪问我：“Stoneman，你想扮什么？”

我没有特别想演的角色：“还没有想法耶，你觉得我扮什么比较好？”

高高迪说：“看你啊，你想成为什么，就扮什么。”

我道：“我想成为女生的依靠，在女生需要时给她们舒服的感觉。”

高高迪说：“高勇侠，帮 Stoneman 打扮成卫生巾！”

高勇侠说：“是！”

我还来不及开口抗议，高高迪从衣物堆中拿起全场最好看的死神装，并向高勇侠提出一个暧昧的要求：“我要这件，你帮我在胯下放一颗大石头。”

高勇侠问：“干吗放大石头？”

高高迪说：“这还用问？下体愈雄伟，今天晚上吸引女生注目的机会就愈大！”

大朋吐槽：“别想太多，女生只会对帅哥行注目礼，才不屑瞄你的牙签一眼！”

小硬问：“高勇侠，可不可以帮我扮小木偶？”

高勇侠点点头：“可以啊，这里有小木偶装，我可以帮你做假鼻子。”

小硬道：“可不可以帮我把假鼻子做长一点？”

高勇侠问：“为什么要做长一点？”

小硬自以为是地说：“长的鼻子可以让女生联想到我的某个部位也很长，引起她们的性欲。”

众人异口同声大叫：“谁会对一头肥猪引起性欲啦！”

我拍了拍小硬的肩膀：“这种事是看长相的，不管你的鼻子再怎么像某个部位，都不可能让她们改变主意！”

关阿宅问高勇侠：“对了，可不可以帮我扮杨过？”

高勇侠耸耸肩：“这里什么都有，就是没有古装衣服。”

我问关阿宅：“你为什么想扮杨过？”

关阿宅说：“因为我打听到雅玲今天晚上要扮小龙女，我想跟她配对。”

高高迪摇摇食指：“不行哦，我朋友说吴守正今天晚上确定要扮杨过；同一个场合最好不要有两个相同的角色，你就别扮杨过了。”

关阿宅抗议：“为什么不能有两个杨过呢？为什么吴守正可以跟雅玲扮神雕侠侣，我不可以？”

高高迪说：“吴守正是出钱最多的人，没有他的资金，就不会有今天晚上的派对。”

关阿宅不甘心：“我不管啦，我要跟雅玲有神雕侠侣的感觉！我要有神雕侠侣的感觉！”

高高迪问：“是不是只要有神雕侠侣的感觉就可以了？”

关阿宅用力点头：“对！”

高高迪说：“高勇侠，帮阿宅打扮成雕！”

高勇侠说：“是！”

* * * * * * * * *

经过两小时的装扮，所有人都弄好了造型，我们一干人等抵达夜店；高高迪跟门口的店员寒暄几句后，店员随即放我们进入大厅。

高高迪身穿死神装，背后挂一把镰刀，让人望之生畏，胯下却放了一颗不搭嘎的石头，硬要装大鸟男，瞬间从庄严人物变谐星。

小硬身穿木偶衣，四肢装上特制的关节，肥胖的身材使他看起来异常滑稽，完全不像童话里那个瘦弱的小木偶；由于小硬非常不满意高勇侠为他做的鼻子只有五厘米，所以他后来自制了一个长达二十厘米的鼻子。

关阿宅身穿神雕装，头戴鸟样面具，双臂嵌着翅膀，一脸不爽地扮演大雕；大朋身穿袋鼠服，头戴鼠样面具，腹部缝了一个特制的大袋子，神色兴奋地扮演袋鼠。

最可怜的是我，身穿一大片白色海绵，头露在正中央，扮演一片为女生带来依靠和舒适的卫生巾……

舞池灯光忽暗忽亮，少女们舞动着青春的躯体，她们有些扮演女巫，有些扮演警察，有些扮演女高中生，绽放着诱人的魅力。

"没想到我们能参加这种高级的派对，要不是高高迪交游广阔，我们一辈子都没机会！"经过餐桌时，关阿宅说。

"谢谢高高迪！谢谢高高迪！"大朋从餐桌上拿起一块蛋糕，咬了一口，然后把蛋糕放进腹部的大袋子。

"大家是好兄弟，别跟老子说这种客气话！"高高迪说。

"比尔·盖茨说过，会来这种派对的女生，大部分都很爱玩。"小硬一边说一边舔嘴唇，他的二十厘米假鼻子不小心戳到我的后脑勺。

"好机会已经摆在你们眼前了，如果你们明天之前没有交到女朋友，可别怪老子瞧不起你们！"高高迪说。

高高迪带我们从楼梯走上二楼，沿路摆满各种引人遐思迩想的装饰和油画，香气和音乐使人情绪越来越高涨，我们来到一个更大的舞池。

在舞池的正中央，一个短发浓妆女怡然自得地舞动四肢，随着热血音乐扭摆身躯；她扮演《航海王》里的娜美，身穿性感比基尼，却把俗气的金饰戴满全身上下所有可以戴的部位，魅力不增反减。

“老子知道她是谁。”高高迪得意地说。

“她是谁？”我问。

“她就是跟老子打赌的那个富家女，叫霏霏。”高高迪说。

“原来跟你打赌的就是她哦？”我道。

“就是她！她跟校花们很熟。”高高迪忍不住心中的兴奋，“剩九天了！只要老子这九天不问候别人的老妈，不讲性器官，她必须遵守约定跟我交往，她就是我的人了！”

高高迪震彻天花板的声音惊动了舞池中央的霏霏，她狠瞪高高迪一眼，带着怒气朝我们走过来；停下脚步之际，霏霏的目光不经意瞄到关阿宅，顷间眼前一亮。

“造型真特别！”霏霏眼角一扬，以赞美中带着轻佻的语气对关阿宅说。

“谢谢。”关阿宅一边傻笑，一边微微晃动神雕装的“翅膀”。

“高高迪！”霏霏转头望向高高迪，原本暧昧的眼神瞬间变调，从一个怀春少女变身成晚娘，“你刚说什么？什么我是你的人？”

“老……老子是说九天后……”高高迪吞了吞口水。

“你可不一定会赢！”霏霏指着我们众男，问高高迪，“他们是谁？赶快介绍一下。”

“这块卫生巾叫Stoneman。”高高迪把我们逐一介绍给霏霏，“这只袋鼠叫大朋，这个小木偶叫小……”

“这几个不重要啦！”霏霏不耐烦了，用手比着关阿宅，“我只想知道这只鸟是谁！”

“他姓关，大家都叫他阿宅。”高高迪说。

“阿宅，我看得出来你是个很用心的人哦。”霏霏边拨发边转头，同时向关阿宅抛了个媚眼，一动一笑皆散发着女性诱惑。

“我用心？怎么说？”关阿宅一脸疑惑地反问。

“你这一身神雕打扮很逼真，羽毛做得很精细。”霏霏挑逗地摸着关阿宅身上的雕毛，语带温柔地问，“你花了多少时间做这件神雕装呢？”

“零秒钟。”关阿宅冷冰冰地回答。

“零秒钟？”霏霏问。

“造型师借我穿的，我没有时间做衣服。”关阿宅说。

“聪明！”霏霏向关阿宅竖起拇指，“懂得请专业人士帮忙做衣服，接收别人努力的成果，太聪明了！”

“那个造型师是老子介绍的啦！”高高迪挺起胸膛，故意走到霏霏和关阿宅之间，企图沾光，“霏霏，你看看老子这一身死神装扮，老子也是请造型师帮忙做的哦！”

霏霏瞄了高高迪一眼，不屑地说：“你有手有脚，不会自己做吗？为什么要别人帮你做？”

“你对我们两个的待遇差别也太大了吧！”高高迪不爽地大叫。

●●. 04

MY GEEKY NERDY BUDDIES

一边是友情，
一边是“恋情”

“你可恶啦！”霏霏用眼神向关阿宅发出求爱信号，噘起嘴巴，故作娇嗔。

“我可恶？”关阿宅一脸茫然，“我做错了什么？”

“我从小到大都很喜欢鸟，我对大鸟完全没有抵抗力。”霏霏含情脉脉地看着关阿宅，“你穿这样，害我好想一直跟着你哦，你最可恶了！”

“我也不想穿这鸟衣服啊！还不是高高迪害的！”关阿宅无奈地说。

霏霏一听到关阿宅受委屈，眉宇间涌现心痛的肉沟；她手叉着腰，质问高高迪：“原来又是你搞的鬼！你为什么要害他？”

高高迪火大了：“你为什么对他那么温柔，对老子却这么凶？”

“我为什么要对你温柔？你凭什么？”霏霏反问。

“呃……就凭九天后你就是老子的人！”高高迪说，“你可以先练习一下怎么对老子好，万一到时候温柔不起来怎么办？”

“不用练习了啦，老娘只是还没耍狠。”霏霏道，“要是老娘耍狠起来，一秒就可以让你输掉打赌！”

“老子已经忍了三个礼拜，才不会因为你一秒钟就破功！”高高迪自信十足地说。

“要不要试试看？”霏霏挑衅地问。

“好啊！来啊！老子倒想看看你耍的是什么狠！”高高迪双手抱胸，挑衅回去。

“可不要后悔哦！”霏霏警告道。

“老子不会后悔啦！老子才不相信你有那种能耐！”高高迪说。

半秒后，霏霏往高高迪的下体狠狠踢了一脚。

“呜……”高高迪捂住下体，发出哀痛的低鸣声。

“呜……”同一时间，霏霏也捂住自己的脚趾，“你这个俗男！为什么在胯下装石头？”

“你……你娘咧！”高高迪痛得失去理智，显然霏霏在踢到石头的同时，也踢中了蛋蛋。

“耶！你输了！你输了！”霏霏指着高高迪的鼻子，兴奋大叫。

“你放屁！老子哪有输？”高高迪道。

“你刚才骂我娘！你骂脏话！”霏霏信誓旦旦地说。

“你听错了，老子没有！”高高迪矢口否认。

霏霏靠向关阿宅，摸了摸他的下巴，嗲声嗲气地说：“你看他啦，在耍无赖，人家不依啦，我要你帮我说句公道话。”

“这……”一边是友情，一边是色情，关阿宅左右为难。

“老子没有说脏话！其实老子刚才想说‘你娘咧真漂亮’，老子是要赞美你妈妈很漂亮啦！”高高迪狡辩。

“听你在放屁！你明明就没见过我妈，怎么知道她漂不漂亮？”霏霏说。

“我相信高高迪。”关阿宅说。

“啥？”霏霏一脸愕然，不敢相信自己的温柔攻势遭到滑铁卢。

“高高迪刚才只说了‘你娘咧’三个字，因为下面太痛，所以才说不下去。你不能因为他只说了半句，刚巧有提到你妈，就冤枉他骂脏话。”关阿宅决定站在好兄弟这边。

“哼！”霏霏气得咬牙切齿，“你是男生，当然站在男生那边，你们欺负女生！”

霏霏转头就走，却又不时回眸，用一种“快拉住我”的余光瞄关阿宅。

只可惜，关阿宅心里已经有雅玲了，他对霏霏释放的信息完全不为所动。

“处男们！现在是自由活动时间，各自狩猎去吧！”高高迪高举食指。

“杀啊！”我们高举拳头，向空气大喊。

关阿宅跑到一楼找雅玲，争取讨她欢心的机会；大朋边吃边拿，腹前的袋子塞满各式各样的食物；我和高高迪到处跟美女搭讪；小硬的假鼻子老是戳到别人的胸部。

随着时间流逝，舞会的音乐越来越高亢，高高迪的表情却越来越痛苦。

“你怎么了？”我问高高迪。

“我被胯下的石头磨得好痛，下面好像破皮了……”高高迪泪眼盈眶，即将决堤。

“你活该！”身旁的小硬幸灾乐祸道，“老话说了，下面小就要认命！”

高高迪翻白眼。

“我最讨厌作假的人了，尤其像你这种放石头装大的男人！”小硬正气凛然地说。

“你自己还不是放一个假鼻子在头上，企图让人误会吗？”高高迪嗤之以鼻。

“我这叫惹人遐想，你那叫刻意造假，不一样！”小硬自以为高尚地说。

小硬一脸优越感，挺起高傲的胸膛转身拿桌上的饮料，他的假鼻子又不小心戳到一个长发美女的双峰。

这已经是小硬今天晚上第十三次击中别人的胸部了，夜路走多总会遇到鬼，这一次，被戳到的女生不打算善罢甘休。

“富帅，那个胖子又戳我胸部了。”长发女生语带委屈地向身旁的男伴撒娇。

“不小心的吗？还是故意的？”那个叫富帅的男生问。

“之前在舞池旁边就被他戳过了，哪来那么多的不小心？他是故意的！”长发女生一口咬定。

富帅勃然大怒，质问小硬：“你为什么要戳我女朋友？说！”

小硬说："凶什么？我不小心的啦！"

富帅火大，双手执起小硬的衣领："你欺负我女朋友，我不能凶吗？你为什么要戴这么长的鼻子？说！"

小硬说："我……我在扮小木偶啊！"

"像你这种肥猪，扮猪八戒就好了，扮什么小木偶？"富帅得势不饶人，"鼻子还做得跟某个部位一样，我看你是想性骚扰！如果你不公开道歉，然后滚出舞会，我就把你抓到警察局！"

"这……"小硬进退两难。

高高迪偷偷指着富帅，低声对我说："你老师咧，这个人我们惹不起啊……"

"他是谁？"我问。

"跟我一样姓高，不过他叫高富帅，我叫高高迪。"高高迪说。

"你和他有亲戚关系吗？"我问。

"才没有！我家务农，他家黑白两道通吃，势力很大！"高高迪紧张地转动眼珠，"怎么办？要趁乱落跑吗？"

"为什么要落跑？得罪高富帅会怎样？"我问。

"不会怎样，顶多被埋到土里而已。"高高迪说。

我吓得菊花一紧，赶紧把义气抛到身后，用谴责的语气说："容我说句公道话，小硬为了增加把妹成功的机会，在脸上戴那种鼻子，这是一件非常可耻的事！"

"完全同意！"高高迪说。

"但小硬是我们的兄弟，我们不能见死不救啊！"我说。

我和高高迪互看一眼，彼此有了共识，那是一种即将上战场赴死的激动眼神。

两秒钟后，我和高高迪走到富帅两侧，与小硬形成一个“人肉三角形”，把富帅紧紧围住。

●●. 05

MY GEEKY NERDY BUDDIES

宅男们，
有种就把富二代推下水！

“干吗把我围住？”富帅问我们。

“你钱多，我兄弟多！”小硬道。

“人多又怎样？人多就可以戳我女朋友了吗？”富帅质问。

“你高又怎样？我们学校不是动物园，没在养畜生，不需要长颈鹿啦！”小硬不但答非所问，还反唇相讥。

“我……”面对小硬毫无逻辑的呛声，富帅顷间无言以对。

“你惨了！”高高迪幸灾乐祸地对富帅说，“你惹到全校最嘴贱的男人，你惨了！”

“你富又怎样？”此际，小硬成了四周男男女女的目光焦点，他得意忘形，继续攻击富帅，“请问一下，钱是你赚的吗？你只是一个负责花钱的败家子而已！”

“你……”富帅气得青筋暴现。

大宅们以直落 2:0 呛赢富二代，我和高高迪按捺不住心中的暗爽，击掌叫好：“耶！”

“你帅又怎样？还不……”小硬又开口了，正要发动第三波攻势之际，却被旁边一位高大贵气的古装男推到一米外。

我和高高迪抬头一看，推人的古装男是吴守正——昨天雅玲在运动场边紧盯的那个富二代，他今天晚上扮演的角色是杨过。。

“干吗推人？”小硬生气地问。

“我没有推人，我推的是畜生。”吴守正大义凛然道，“对我来说，不管用什么方法触碰女生，只要未经对方同意，就是畜生！”

“你……”这回，轮到小硬说不出话了。

没想到吴守正嘴贱的程度不输小硬，甚至远远超过了他了。

“你高又怎样？我们学校不是动物园，没在养畜生，不需要长颈鹿啦！”小硬恼羞成怒，把刚才呛过的话拿出来再呛一遍。

“我们学校也没在养猪啊！那为什么你在这里？”吴守正反问。

吴守正语毕，身后的马屁精发出如雷的笑声，四周男男女女受到笑声鼓舞，也跟着大笑。

好狼狈，好尴尬，但现在不是沮丧的时候。

小硬赶紧搬出另一段，企图挽回面子：“你富又怎样？请问一下，钱是你赚的吗？你只是一个负责花钱的败家子而已！”

“你没有钱，没关系，可耻的是你连人格都没有！”吴守正反击。

“我没人格？”小硬气愤地问。

“在舞会上公然碰女生的敏感部位，你可别说你有人格。”吴守正道。

吴守正身后的马屁精纷纷鼓掌叫好。

“我是不小心的！”小硬气得面红耳赤。

“我要求他向阿梅道歉，然后离开这个舞会！”富帅指着小硬的鼻子，向吴守正和围观的宾客说。

“对不起！刚才我的鼻子不小心戳到你，我不是故意的，请你原谅我。”小硬向长发女生道歉。

“阿梅，你接受他的道歉吗？”富帅问长发女生。

“好啦。”阿梅噘起嘴巴，看来心中还有余怒。

“如果你不爽，不用勉强，直接说出来，我很乐意替你主持公道。”富帅道。

“算了吧，我以前在商学院见过他，大家念同一所学校，我不想闹大。”阿梅说。

“算你运气好！要不是我马子心地善良，我绝对不会放过你！”富帅对小硬说。

“还不赶快滚出去？”吴守正用鼻孔盯着小硬。

“我为什么要滚出去？”小硬不服气，“舞会是你家开的吗？”

“我们不想看到你，可不可以？这个派对不需要畜生！”吴守正说。

“你说谁畜生？”小硬问。

“算了啦，我看这些宅男十年才有机会来一次这种派对，饶了他吧。”阿梅说。

“Well，阿梅说了算。”富帅道。

“好！既然阿梅开口了，我今天就饶了你！下次如果再被我发现你欺负女生，可就没这么好谈了！”吴守正说。

小硬在众人的蔑视中离开了富帅和守正，我和高高迪紧紧跟在他身后。

我们退到舞会场边，小硬一脸不爽，看得出来心情非常糟，但他还是向我和高高迪报以感激的眼神：“谢谢你们刚才帮我围住高富帅！”

“我们是好兄弟，说这种客气话干什么？”高高迪说。

“刚才那个阿梅说在商学院见过你，真的吗？”我问小硬。

“有啊，不只她见过我，我也见过她，只是彼此不认识。”小硬说。

“阿梅是商学院的院花，很受男生欢迎，是上个月的宅男女神。”高高迪说。

“原来她的来头这么大？”我道。

“当然啊，能够站在高富帅或吴守正身边的女生，绝对不会是一般的庸脂俗粉。”高高迪说。

“我想到一个谜语。”小硬道。

“什么谜语？”我和高高迪问。

“你们猜猜看，世界上哪种动物的寿命最短？”小硬问道。

“是不是变形虫？”我道，“听说有一种变形虫，寿命只有六个小时。”

“错！有一种动物的寿命比变形虫还要短很多。”小硬道。

“什么动物这么可怜？”我问。

“答案是宅男女神。”我们身后突然传来一个熟悉的声音。

我们转头一看，说话者是关阿宅。

“为什么是宅男女神？”我和高高迪不解地问。

“因为网上的美女版，平均每五分钟就会出现一个新的宅男女神，她们的寿命一般只有五分钟。”关阿宅说。

“阿宅，你不是在一楼陪雅玲吗？怎么又回来了？”我问。

“因为她上来找吴守正了。”关阿宅无奈地叹口气。

我们沿着关阿宅的目光看去，发现场内有一个被灯光渲染出绚丽色彩的小喷泉；而在小喷泉旁边，站了四个仿如天界下凡的高等生物，两个男生高大英俊，两个女生白皙妩媚，他们发光般的存在，使附近其他帅哥美女相形失色。

他们在凡间的称号，分别是吴守正、高富帅、雅玲和阿梅；他们有说有笑，气氛欢愉，与五光十色的小喷泉形成一幅唯美动人的图画。

小硬用怨恨的眼神盯着其中一个神，不，盯着吴守正，咬牙切齿地说：“妈的！我要报仇！”

我问：“你想怎样报仇？”

小硬从口袋掏出最新的 iPhone，豪气地说：“谁有种把吴守正推到水池里，让我拍下他出糗的样子，这部 iPhone 就是他的！”

“我才不要为了一部 iPhone 被埋到土里！”高高迪说。

“再加三千！”小硬从钱包里掏出三张钞票。

“我去！”关阿宅举起右手，自告奋勇，“吴守正老是在外面偷吃，害雅玲每天心情不好，我想教训他很久了！”

“你怎么知道吴守正老是在外面偷吃，害雅玲每天晚上心情不好？”我问。

“因为我有追踪雅玲的微博，看到她每天都贴一些伤感的话，每天为爱情烦恼。”关阿宅说。

“你小心明天被埋掉。”高高迪说，“为了一个你追不到的女生，跑去送死，值得吗？”

“值得！谁叫他让雅玲每天难过！”关阿宅激动地说。

我肃然起敬地看着关阿宅，不忘询问这位即将逝去的勇士：“你的墓碑想放哪里？”

高高迪也很有义气：“你先交代遗言吧，兄弟一场，我们会帮你打点后事的。”

关阿宅说：“遗言个屁啦！待会我负责推吴守正下水，需要你们两个帮我一个忙。”

高高迪的义气瞬间消失：“帮你爸的蛋！你要老子陪你一起死？”

关阿宅说：“我需要有人站在吴守正两侧，封住他的退路，让他无路可逃。”

高高迪问：“兄弟一场，别说老子不敢拿命挺你，请问酬劳你打算分我们多少？”

“我要 iPhone 和两千块，剩下一千块你们平分。”关阿宅狮子大开口。

“要死，你自己去！”我和高高迪转身，准备离开。

“OK！ OK！ iPhone 和三千块都归你们！我只要为雅玲出一口气！”关阿宅伸手拉住我们。

“这还差不多！”我和高高迪转回来。

我们四个宅男握起拳头，冲向小喷泉。

吴守正笔挺地站在小喷泉旁边，跟小龙女装扮的雅玲聊得乐不可支；高富帅和阿梅看到我们四宅以准备杀人的气势冲向吴守正，吓得赶紧退后三步。

关阿宅停下脚步，与吴守正互瞪一眼，气氛极不友善。

“雅玲，等一下画面可能会很不雅，可以请你先离开吗？”关阿宅问雅玲。

“你想干吗？”雅玲疑惑地问关阿宅，然后转头瞄了吴守正一眼。

“雅玲，没关系，你去一楼柜台，请服务生把我专属的那瓶 1950 年法国勃艮第红酒拿过来。”吴守正自信地笑着，“等一下你回来的时候，这群讨厌宅男就会消失。”

“这……”雅玲一脸担忧。

“放心，这个世界没有我摆不平的人，”吴守正催促道，“快去。”

雅玲离开我们视线范围后，吴守正用轻蔑的眼神打量我们：“你们几个废物想怎样？”

我和高高迪听得火冒三丈，立刻走到吴守正两侧，封住他的退路；小硬则拿起手机，开始录影。

关阿宅质问吴守正：“你不是在追雅玲吗？为什么还要同时追求意涵、雪芙和伦镁？”

吴守正说：“老子想追谁，不需要你这个死宅男操心！”

关阿宅说：“你知不知道，雅玲平时在你面前强颜欢笑，每天晚上却在被窝里暗自垂泪？”

吴守正说：“我马子垂不垂泪，关你们这些死宅男屁事哦！干吗围住我？”

高高迪说：“讲话最好客气一点！难道你不知道现在是什么情况吗？”

吴守正反问：“现在是什么情况？”

高高迪说：“死到临头还不知道！你马上就要下水了！”

我道：“就算你家里很有钱，但你现在已经无路可退，再多的钱也改变不了你即将下水的命运！”

高高迪道：“记住哦，推你下水的人叫关阿宅，老子只是路过，将来你可别找老子报仇。”

吴守正问：“为什么要推我下水？”

“问那么多干吗？”关阿宅说，“你只要负责下水就可以了！”

“不行！为了让我瞑目，这种事一定要问清楚，难道你们都没看过武侠片吗？”吴守正问。

“武侠片？”我们三人面面相觑。

“看过武侠片的人都知道，每次配角被杀之前，都会先问杀手谁是主谋。”吴守正用专业的口吻说，“而为了让配角瞑目，也为了让观众明白剧情，杀手通常都很乐意回答。”

我和高高迪互看一眼，被吴守正的道理说服了：“好像真的是这样耶。”

关阿宅说：“好吧，配角先生，我告诉你好了，小硬就是主谋！”

在后面录影的小硬等得不耐烦了："请问一下，你们是乌龟吗？推个烂货下水，还可以聊那么久！"

吴守正问小硬："原来你就是主谋？"

"对啦！就是我，怎样？"小硬呛声，"录影键我已经按了，今天看不到有人下水，我是不会按停的！"

"是不是只要有人下水就可以了？"吴守正问。

"对啦！你聋子哦？"高高迪呛声。

"好，那我给你十万，你替我下水。"吴守正掏出支票簿，引诱高高迪。

"不要！"高高迪断然拒绝。

"认命吧！"关阿宅对吴守正说，"今天我要替雅玲出一口气，他们是我的好兄弟，不会站在你那边的！"

"请问一下，你们几个到底聊够了没？可不可以快一点，我手很酸！"小硬火大地说。

"你们的主谋生气了。"吴守正晃了晃支票簿，直接引诱关阿宅，"如果你愿意替我下水，我给你五倍，五十万！"

关阿宅断然拒绝："不要！敌人的钱我绝对不会要，哪怕是一千万。"

吴守正说："你就这么喜欢雅玲吗？为了雅玲，你竟然把一个善良可爱的同班同学视为敌人？"

关阿宅说："第一，我真的很喜欢雅玲。第二，你一点也不善良可爱。"

“既然你喜欢她，我可以让给你。”吴守正指着小喷泉说，“只要你替我下水，我从这一分钟开始，不再追求雅玲！”

“我凭什么相信你？”关阿宅虽然嘴硬，但眉头一动，显然有点心动。

“你朋友在录影，影片就是最好的物证，我刚才说的话，将来绝对赖不掉。”吴守正道。

关阿宅原本还有一丝怀疑的容颜，此时彻底瓦解了。他认真地瞄着小喷泉，屁股翘高，准备起跑，似乎已做好决定。

“阿宅！不要冲动！”我大声喝住他，“你来这里是为了替女神出气，不是为了跳水！”

关阿宅双眼一张，被我一言惊醒。

关阿宅望了吴守正一眼，又瞄了小喷泉一眼，再看了吴守正一眼；他表情痛苦，眉宇挣扎，显然陷入天人交战中。

到底，他该把吴守正推下水，还是自己跳下去？

●●.06

MY GEEKY NERDY BUDDIES

大鸟哥救美

“雅玲！你是我的了！”关阿宅仰天大喊，然后捏住鼻子，直接往小喷泉跳下去。

扑通！

现场出现一阵骚动，众人围着小喷泉，看到神雕打扮的关阿宅全身进水，鸟毛全湿，纷纷发出幸灾乐祸的笑声。

“唉，为了女神，宅男愿意做任何蠢事！”高高迪摇摇头，为我们的命运流下一滴哀伤的眼泪。

“主谋，你可以放下手机了。”吴守正带着胜利的笑容对小硬说。

“你别得意！”小硬不服气。

“这里唯一有勇气推我下水的人，已经下水了，至于你们三个孬种嘛，就算给你们一百年时间，你们也不敢推。”吴守正虽然用嘴巴贬低我们，但还是快步远离小喷泉，免得我们突然冲动。

小硬今天晚上一直被吴守正压着打，怒气无处发泄，这段话仿如一把火点燃了他的怒火。正在此时，服务生端着几个装了红酒的杯子经过，小硬伸手拿起其中一个酒杯，冲向吴守正。

“喂！你想干吗？”吴守正大惊。

“没什么，孬种想请你喝红酒！”小硬为了不想将来死于非命，假装跌倒，手腕却故意使出柔力，把杯中红酒泼向吴守正的脸。

吴守正避无可避，危急间双手抓住我的肩膀用力一拉，用我的身体挡下红酒！

哗啦一声，我的脸蛋和整片卫生巾全被红酒泼湿了！

“你干吗拿我来挡？”我生气地问吴守正。

“我是一个君子，君子不立危墙之下！”吴守正理直气壮地说。

小硬站了起来，假惺惺地对吴守正演戏：“对不起哦，不小心摔倒了，我不是故意的！”

吴守正挺着胸膛，大方地说：“没关系，反正湿的人不是我。”

现场一堆女生盯着小硬看，小硬不再理会吴守正，扶着湿透的我和关阿宅走向洗手间。

路上，宾客们看到我和关阿宅的窘态，纷纷掩着嘴巴偷笑回避；在这个人生最低落的时刻，小硬用他温暖的双手分别搭着我们的肩膀，犹如一个在冬夜里默默贡献暖意的火炉。

“小硬，谢谢你！”我感动得差点想哭。

“Stoneman，你太客气了。”小硬窝心一笑。

“小硬，你的手虽然又肥又重，对我来说却是甜蜜的负担！”关阿宅说。

“老实说，我只是想在其他女生面前展现我的亲和力，让她们对我留下好印象，才会扶你们走这段路。”小硬道。

“所以你不是真心的吗？”我得知自己是被利用后，激动地质问小硬。

“废话！”小硬压抑不了心中的兴奋，小声说出他的阴谋，“你们想想看，现场的女生看到我愿意扶两只落水狗到洗手间，对我的好感一定大增！待会我随便挑一个，今天晚上我就有女朋友了！”

关阿宅替自己的人生感到悲哀：“唉，我平时已经被美女利用得很惨了，要帮忙写作业，买夜宵，游戏破关，没想到今天晚上连宅男也利用我！”

小硬盯着舞池上的美女，显然已经有点不耐烦：“阿宅，Stoneman，我想过去把妹了，接下来你们应该不需要我了吧？”

“快滚过去吧！”关阿宅一脚踢向小硬屁股。

“我诅咒你一辈子交不到女朋友！”我愤怒地说。

现场的音乐比刚才更催情，男女之间的气氛也比刚才更暧昧，我和关阿宅却必须离开这个热情的空间，走进冰冷且臭气冲天的男生厕所。

我对着镜子清洗沾满红色液体的卫生巾，怎么擦也擦不掉；关阿宅则脱下神雕装和身上所有衣物，双手拧干湿透的衣裳，挂在砖瓦墙上静候风干。

“唉，我今天晚上结束了。”全裸的关阿宅叹道，“等这些衣服干了，我看雅玲也离开舞会了。”

“我也好不了多少，我今天晚上也结束了。”我道。

“你还没结束吧？至少你身上大部分地方都是干的，只有卫生巾湿而已。”关阿宅说，“你现在出去把妹，应该还有机会。”

“没机会了。”我摇摇头，“在卫生巾还没有染红之前，我跟美女搭讪，她们至少还愿意跟我打招呼。”

“刚才你走过来洗手间的路上，都没有女生跟你打招呼吗？”关阿宅问。

“当然没有！”我怨恨地说，“自从卫生巾染红之后，她们看到我就像看到鬼一样，回避我的目光，还情不自禁露出厌恶的表情！”

同样是放大版，为什么放大版的黄色小鸭每个人都说可爱，放大版的染血卫生巾却要遭受歧视？

二十分钟过去后，不断有人在男厕进进出出，我和关阿宅则站在一角玩手机游戏，等待服装风干。

关阿宅凭着盖世武功连闯五关后，忽尔听到外面传来一阵急促的追逐声。

“救命啊！”一个女生在男厕门外呼喊。

我们同时抬起头来，我瞥见关阿宅那激动的眼神，紧绷的拳头，深深感受到他的英雄气息，准备要把虚拟世界的必杀技用在现实生活中！

半秒钟后，一个女生冲进男生厕所，她焦虑不安，边喘气边关门；我和关阿宅吓得瞪大双眼，因为来者竟是富家女霏霏！

霏霏呼出一口气，拭擦额头上的汗水，迅速把门锁上。当她以为灾难已经过去，放松地转身之际，却发现我们很无奈地看着她，关阿宅的性器官也很无辜地对着她时，她以高分贝的尖叫来迎接这另一场灾难！

“啊！”霏霏慌张得用右手掩眼。

“叫什么！该慌张的是我吧！”关阿宅翻白眼，“你进来干吗啦？”

“我……有个喝醉的富二代想非礼我……”霏霏松开右手回答关阿宅，不小心看到了不该看的东西，吓得再度大叫，“啊！”

“喂！别叫了！”关阿宅走上前，伸出食指抵住霏霏的嘴，“拜托你不要乱叫好吗？是你自己闯进来的耶！”

“你在这里干吗啦？”霏霏闭起双眼。

“这里是男生厕所，我为什么不能在这里？”关阿宅反问。

“呃……我是问你干吗脱光衣服啦！”霏霏脸红耳赤地质问关阿宅。

“呃……这里是男生厕所，我为什么不能脱光？”关阿宅理直气壮地说，“鸟装全湿了，穿起来很不舒服，当然要晾干啊！”

“为什么要让我看到你不穿内裤？”霏霏娇嗔地说。

“又不是我邀请你进来的！”关阿宅翻白眼。

门外传来一阵急促的敲门声。

“出来！老子要女人！嗝！老子要爽！”忽强忽弱的声音从外面传来，显然出自一个醉汉的嘴巴。

“这声音……好熟悉！”关阿宅皱起眉头。

“外面那个是杨过，他一直纠缠我。”霏霏用求助的眼神看着我们。

“杨过？该不会是吴守正吧？”关阿宅说。

“就是他！他喝醉了，一直纠缠着我不放，问我要不要跟他一夜情，还拉着我的手不让我走。”霏霏说。

“滚出来！嗝！老子要爽！老子要女人！”外面的杨过一直拍门，看来已经发疯了。

“想回家吗？”关阿宅问霏霏。

“当然想啊！”霏霏用力点头。

“跟着我！我带你离开这个地狱。”关阿宅拍了拍胸膛，“我保护你！”

“谢谢！”霏霏感激一笑。

“Stoneman，一起走吧，你的卫生巾红成这样，留下来也没什么搞头。”关阿宅说。

“唉，好吧。”我点点头。

关阿宅牵起霏霏的手，准备打开大门之际，霏霏突然把他喊住：“等一下！”

“怎么了？”关阿宅纳闷地问。

“先把神雕装穿上啦！”霏霏举起手掌把眼睛遮起来，“你这样走出去，是想吓死谁？”

“神雕装那么湿，怎么穿啊？”关阿宅说，“而且今天是化装舞会，我扮演大卫像不行吗？”

“明明一根毛都没有，还敢说自己是大卫像，你这个样子是在扮演变态吧！”霏霏道，“不是我爱说，你发育也太慢了吧！不是已经大学生了吗？为什么那边都没有毛？”

“那边有没有毛，并不是现在的重点好吗？”关阿宅用鼻子喷气，

“你不是已经遮住眼睛了吗，为什么还会看到？”

“手指之间有缝啊！”霏霏说。

“所以你的眼睛根本没闭上是吗？”关阿宅抓狂地问。

关阿宅迅速穿上还没干的神雕装，随即打开厕所大门，门外醉醺醺的杨过看到霏霏，马上飞扑过去。

“滚开啦！”关阿宅往杨过的肚皮上踹一脚，把他踢倒在地上。

“帅！”霏霏仰慕地看着关阿宅。

关阿宅、霏霏和我冲向舞池，沿路充斥着醉男醺女，他们激情拥吻，旁若无人地互相抚摸。

我们跑到一楼时，看到一只超级肥胖的袋鼠——大朋，他拿起一瓶香槟，喝下一口后，整瓶放进腹部的大袋子里。

大朋发现我们行色匆匆，并肩而过之际，他拦住我们：“这么快就走啦？”

“对啊。”关阿宅指着大朋那个起码放了五公斤食物的袋子，“你也太夸张了吧！一整年没吃东西了吗？”

“哪里夸张了？我今天扮演的是一只怀孕的袋鼠啊！”大朋理直气壮地说，“对了，你们待会记得去宿舍楼下的便利商店哦。”

“去便利商店干吗？”我问。

“吃夜宵。”大朋指着自己的袋子，慷慨地说，“待会我请客！”

我们继续往前奔，闯过拥挤的人群，推开舞会的大门，总算离开了地狱。

“大鸟哥，谢谢你救我出来。”霏霏一边喘气，一边抓紧关阿宅的手，似乎没打算松开。

“不客气。”关阿宅说，“你可以叫我阿宅，叫我阿关，为什么叫我大鸟呢？”

“因为你是神雕啊！”霏霏妩媚地看着关阿宅，“我最喜欢大鸟了，突然觉得我的人生有了方向。”

“什么方向？”关阿宅问。

“方向就是……”霏霏神秘一笑，凑上前跟关阿宅磨鼻子，“我跟定你了！”

“啊？”关阿宅吓得后退两步，看了我一眼，幽怨的眼神仿佛在控诉为什么投怀送抱的不是雅玲。

●●. 07

MY GEEKY NERDY BUDDIES

爱情
真让人烦恼

两小时后，大宅们在宿舍楼下的便利商店集合，一边吃夜宵一边检讨刚才大家在派对的表现。

大朋就不用检讨了，别人去派对是为了交异性朋友，他去派对是为了拿食物；虽然他的行为很可耻，但也因为他的缘故，我们这顿夜宵才会摆满整张圆桌。

高高迪被胯下的石头磨伤了，因此失去把妹的兴致，落寞地离开了派对。

小硬就更可怜了。

“我后来在舞池搭讪了一个龇牙妹。”小硬道，“虽然当时灯光昏暗，但我跟她聊起来很愉快，可以说是情投意合。”

“那你有送她回家吗？”高高迪问。

“我当然有这个想法，正要开口问她要不要回家，我的鼻子却不小心戳到她的眼睛，只好先送她去医院。”小硬耸耸肩。

“后来呢？”我们追问。

“因为医院的灯光比较亮，而且我的假鼻子也拆了，那个女生发现我的脸比她想象中丑很多，扬言要告我在舞会性骚扰她。”小硬的眼神充满怨恨，“后来我在提款机拿了一千块给她，她才打消念头。”

“哈哈！活该！”大朋指着小硬的鼻子大笑，“谁叫你们不认真追求现实生活里喜欢的女生，妄想去那种派对交到美女朋友！哈哈哈哈哈！”

大朋笑得灿烂，坐在他旁边的便利商店小妹川美附和地笑着。

“笑屁哦！你就有认真追吗？”小硬问。

“有啊！”大朋骄傲一笑，右手搭着川美的肩膀，“我每天都有认真追。”

“谁让你追啦？”川美故作娇嗔，轻轻摇动肩膀，却没有甩掉大朋的右手。

“川美很照顾我，每天都会把便利商店的过期面包送给我，她不只是我的红颜知己，更是我这辈子唯一最爱的女生！”大朋握起拳头，越说越激动，“为了答谢川美，我决定把今天赚到的食物，全部送给她！”

“太没诚意了吧！”高高迪吐槽。

“还全部送咧，听起来真大方，这些食物还不是会进我们的肚子吗？”我说。

“你这么感激川美，怎么从来没看过你请她看电影？”关阿宅问大朋。

“看电影？你第一天认识大朋吗？”小硬冷笑一声，“大朋曾经说过，电影对他的意义，就是需要花钱买票！”

“对啊！电影票对我来说根本就是天价啊！”大朋语毕，向川美抛了个媚眼，“来我房间看韩剧吧！一样是戏，不但免费，时间还比较长！”

“哼，谁要跟你看韩剧！”川美噘起嘴巴，“不过最近倒是有点想重看《金三顺》。”

“《金三顺》是吧？没问题！我待会回去后准备一下！”大朋说，“你明天来我房间。”

“哼，我明天要上班，才不要去你房间看韩剧！”川美故作矜持，“不过后天下午倒是有空。”

“为什么我总是约不到？唉，爱情真让人烦恼！”大朋沮丧地说。

“切你爸的蛋啦！唉个屁哦！这里最不需要为爱情烦恼的人就是你！”高高迪生气地说。

“处男，不要恼羞成怒好吗？”大朋轻浮地笑了笑。

“老子才不是处男！”高高迪仿佛遭到暗箭所伤，急得马上撇清。

“小朋友，在我们正常人的世界里，男人必须跟真实的女人发生关系，才叫脱离处男。”大朋泼高高迪一盘冷水，虽然很冰冷，却是铁一般的事实。

“对啊！对啊！”关阿宅点头如捣蒜。

“死阿宅，你在对啊什么？”高高迪扬起眉毛，问关阿宅，“你的鸟装弄湿之后，有发生什么事吗？”

“这还用问吗？”小硬微扬轻蔑的嘴角，“一只全身湿透的落汤鸡，能有什么搞头？你认为他会交到异性朋友吗？”

“谁说的？我可是这里所有人当中最有进度的一个！”关阿宅故弄玄虚地说。

“少来！你哪里有进度了？”高高迪不屑地问。

“至少有女生看过我的裸体，而你们没有！”关阿宅挺起胸膛，骄傲地说。

“有女生看过你的裸体？”高高迪难以置信地问。

“对！不信的话你问 Stoneman！”关阿宅说。

“Stoneman，他说的是真的吗？”高高迪问我。

“真的。后来霏霏不小心闯进洗手间来，把阿宅的三点都看光了。”我说。

“这算哪门子的进度？”高高迪的眼神比刚才更鄙视了。

“不就是一个变态的遛鸟侠而已吗？”小硬用一种审视犯人的眼神看着关阿宅。

“我看你干脆放弃雅玲，改追霏霏算了。”我建议关阿宅，“你先想办法找到霏霏的微博账号，然后加她为好友，我看你一个礼拜之内就可以谈恋爱！”

“加好友？”关阿宅摇摇头，“不好吧！我怕雅玲会反感。”

“反什么感？”高高迪问。

“雅玲在我的好友名单里，她可能会发现我加新的异性朋友。”关阿宅忧心忡忡地说。

关阿宅语毕，众人大笑。

“想太多！”高高迪说，“人家是校花，才不会管你这种宅男的交友状况！”

“你就不要痴心妄想了好吗？”小硬道，“她们才不会管穷人的交友状况，就正如我也不会在乎丑女加了几个异性朋友。”

“你们不懂！吴守正已经答应放弃雅玲，水我也跳了！”关阿宅说，“我才不要在这个时候加霏霏，以免节外生枝！吴守正这块大石头一走，雅玲就是我的了！”

“想太多！”小硬摇摇头，“吴守正这块石头一走，马上就有千千万万的宅男扑上去！”

“对！所以动作要快！我要赶在其他宅男行动之前，把雅玲追到手！”关阿宅语毕，立刻掏出手机上网。

“干吗？你以为在网上告白，就可以抢先一步追到雅玲吗？”小硬咬了一口蛋糕，问关阿宅。

“我才没那么笨，谁不知道在网上告白的成功率，比买彩券中头奖的概率还要低。”关阿宅说，“我是要追踪雅玲的动态消息，看她明天打算去哪里，我亲自到现场堵她。”

“痴汉！”我们异口同声地谴责关阿宅。

十秒钟后，关阿宅沮丧地瘫坐在椅子上。

“痴汉，怎么了？”高高迪问。

“雅玲刚刚 PO 了一张照片。”关阿宅难过地说。

“什么照片？”小硬问，“从你的表情来看，雅玲一定包得很紧对不对？”

"你这个色狼！"高高迪指着关阿宅的鼻子说，"就算看不到雅玲的肉体，也不用难过成这样吧！"

"那是她的床照……"关阿宅欲言又止。

"床照？"我暗感不妙，"男生看到美女的床照，却难过成这样，莫非……"

"吴守正躺在雅玲的床上昏睡，她在照片下面还打了一段文字……"关阿宅哽咽到说不下去，把手机放到桌子上。

我们伸头望向手机，果然看到一张吴守正躺在女生房间的照片；而在照片下方，是一段雅玲有感而发的话：

"你为什么老是让我伤心？我们的身体距离这么近，我们的心却隔很远很远，难道你不知道我有多爱你吗？"

我们看完那段话之后，很有默契地同时收起笑脸。

"你们知道什么叫心如刀割吗？"关阿宅眼泛泪光，问我们。

我瞄到关阿宅右手旁边放了一把切食物用的小刀，赶紧把它拿走，免得待会发生血案。

关阿宅说："就是当你喜欢一个人的时候，那个人却为另一个人痴心疯狂！"

大朋拍了拍关阿宅的肩膀，骂道："那个雅玲怎么这么笨？她难道不知道谁真正喜欢她，谁只是玩玩吗？"

我跟着骂："对嘛！吴守正今天晚上明明背着她去找一夜情，她不是应该生气才对吗？为什么还把他带回家休息？”

小硬说：“阿宅，不要伤心，无论发生什么事，我都会挺你！”

大朋说：“我也挺你！”

我道：“我挺你到天荒地老！”

高高迪说：“老子挺你到天崩地裂！”

“你们兄弟之间的友情，太让人感动了！”川美擦了擦眼眶的泪水，问道，“你们打算怎么挺他呢？”

“呃……”我们被这个突如其来的问题考倒。

“用影片！”小硬说，“昨晚我用手机录了吴守正放弃雅玲的宣言。”

“太好了！我们就用那段影片要求吴守正离开雅玲！”高高迪说。

“阿宅，吴守正和你同班，你什么时候会跟他一起上课？”大朋问。

“最快会遇到他的时间是明天下午一点的课。”关阿宅答。

“好！明天下午你带我们去教室，我们帮你扫清爱情路上的障碍！”我道。

“我们用舆论压力逼吴守正履行诺言！”小硬道。

“老子就算因为翘课被当掉，也要陪你对抗那个富二代！”高高迪道。

“明天我们要替阿宅出头，那是大宅们扳倒富二代的历史时刻，我可不可以约你一起去？”大朋问川美。

“哼，我明天下午要上班，才不要跟你一起去！”川美一脸嫣红，“不过，我明天中午有一个小时的休息时间，倒是可以一起去吃个饭……”

大朋深深地叹了一口气：“唉，爱情真让人烦恼，为什么我总是约不到她呢？”

●●.08

MY GEEKY NERDY BUDDIES

美女终于回了阿宅留言

隔天下午，大宅们发挥守望相助的精神，浩浩荡荡踏进校门，跟着关阿宅的屁股迈步走向吴守正要上课的教室。

这天是个好日子，积云挡住了酷热的太阳，路上不断有美女经过我们身旁，空气飘来迷人树香；如此惬意的人文景色，关阿宅却愁眉苦脸，心里似乎有万语千言。

“阿宅，你怎么了？有心事吗？”我问。

“今天早上，我还是忍不住，在微博发了信息给雅玲。”关阿宅说。

“你发了什么信息给她？”大朋问。

“我向雅玲爆料，说吴守正昨天晚上背着她，找霏霏一夜情。”关阿宅说，“以前，雅玲对我发出的信息，通常都是‘已读不回’，但这一次，她终于回我了！”

“恭喜啊！”小硬鼓掌叫好，“阿宅，你要准备谈恋爱了！”

“白痴哦！恭喜什么？”高高迪说。

“女神终于被阿宅打动，留言不再是‘已读不回’了，难道这不值得恭喜吗？”小硬说。

“会不会看别人脸色啊？你没看到阿宅哭丧着脸吗？”高高迪说。

“如果雅玲回的是好话，现在阿宅会一副家里有人死掉的表情吗？”大朋说。

“雅玲到底回你什么话？”我问关阿宅。

“雅玲回了七个字：‘我知道，谢谢关心’。”关阿宅答。

“哇！女神回你这么多？足足七个字耶！该不会是她有史以来回应字数最多的一次吧？”我问。

“你怎么知道？这七个字可是破了历史纪录！”关阿宅握起拳头，激动地说。

“我看你这辈子死而无憾了吧！”小硬说。

“随时可以上路了！”高高迪说。

“你应该爽死了吧？是在难过什么？”大朋问关阿宅。

“我当时真的爽死了，所以立刻写了一封几百字的情书给雅玲，我在信里暗示我是个好人，绝对不会背着女朋友找一夜情！”关阿宅说。

“结果呢？”我们紧张地问。

“已读不回。”关阿宅伤心地说。

一阵冷风吹过我们的身体，积云变黑了，路上的美女消失了，空气中传来烧垃圾的恶臭。

“你冲太快了。”我道。

“她只是谢谢你而已，根本就没说要给你机会。”高高迪说。

“笨蛋！你为什么要这么冲动？”小硬质问关阿宅。

“昨天晚上你不是还在嘲笑网上告白的成功率，比买彩券中头奖的概率还低吗？”大朋质问关阿宅。

“是很低没错，可是当我想到跟雅玲在一起的那些幸福画面，我们一起骑脚踏车，一起看夜景，我就忍不住打了那封情书，我以为我会成功啊！”关阿宅说。

“唉，好一个幻想症，一年当中不知道害死了多少宅男！”小硬摇摇头。

“好奇问一下，你脑袋目前的进度到哪？”大朋问关阿宅，“该不会已经‘脑补’到跟雅玲结婚了吧？”

“没那么夸张啦！我才不是一个有幻想症的人！”关阿宅噘着嘴巴说，“我目前只想到同居而已！每天早上我都会替雅玲做饭，让她拎着我做的爱心便当出门！”

众人昏倒。

“唉，我只能说你现在的形势超级不利。”我爬起来，拍拍关阿宅的肩膀。

“超级不利？有到超级这么严重吗？”关阿宅眼神绝望地看着我。

“有！在爱情初期的角力赛，积极表现出爱意的那一方往往陷入弱势，任人宰割，死而后已。”我道。

“我只是想交往，我才不要玩什么爱情角力！”关阿宅说。

“你不想角力是你家的事，别人可不是这样想！”大朋爬起来，语重心长地说。

“不客气问一句，你哪位啊？”小硬爬起来，毫不留情地说，“以你的条件，有好到光凭一封情书就跟你交往吗？”

“以雅玲的条件，起码要富二代才能追她；如果用线上游戏来比喻的话，她就是游戏里的大魔王，而你呢，只不过是一个刚进入游戏的新手而已！”高高迪爬起来，对关阿宅说，“凭你这个新手，妄想发一封情书就能让女魔王躺下？会不会想太多了？”

“从古到今，起码有一亿段爱情是因为情书而开启的，为什么到了这个时代，我寄情书给自己喜欢的女生，却要被你们嘲讽？”关阿宅不爽地说，“富二代有什么了不起？不就是钱多而已吗？钱我是没有啦，但我有一颗真诚的心！”

“要在爱情世界取得胜利，一颗真诚的心绝对不够。”我道。

“不然还需要什么？”关阿宅问。

“起码要懂得制造神秘感，要懂得玩心理战，要懂得若即若离。你连这些最基本的技巧都不会，要怎么跟别人斗？”我说。

“唉，我只不过是想谈个恋爱而已，怎么还要学心理战？”关阿宅叹道。

“死新手，嫌麻烦就离开游戏啊！”小硬道。

“我劝你还是先打打小怪，提升一下技能，再去挑战女神吧！”高高迪说。

“打什么小怪？你是指霏霏吗？”关阿宅问。

“你可别打霏霏的主意！再过几天她就是老子的了！”高高迪说。

“哼！谁打谁的主意还不知道呢！”关阿宅说。

我们走到一幢教学大楼前。

“如果吴守正没有翘课的话，他就在302教室！”关阿宅指着三楼说。

“那如果他翘课呢？”大朋问。

“为了让小说剧情顺利进行，我不会让这种事发生。”我道。

“那我就放心了。”关阿宅松了一口气。

“冲啊！”小硬一边指着楼梯，一边拿起手机，用最大音量播放《教父》的经典音乐——《Speak Softly Love》。

“冲啥？”高高迪指着手机，问小硬，“干吗放音乐？”

“每场革命的背后，都需要一首热血的音乐！”小硬道。

我们受到经典音乐的感染，纷纷露出杀气腾腾的眼神，装模作样地爬楼梯走上三楼，每个脚步都很沉重，仿佛一场江湖血战即将展开。

我们走到302教室时，刚巧也是音乐奏到最高潮之际，脑残的小硬冲动地举起右脚，把教室的大门狠狠踹开，门锁和木屑顷刻散落地上。

“白痴哦！踹什么门啦？”高高迪质问小硬。

“我们不是来杀人的好吗？”大朋道。

“对不起，刚才气氛太好了。”小硬搔搔头，尴尬傻笑。

教室里，几十双眼睛以不谅解的目光盯着我们看；吴守正坐在最后排，跟一个新脸孔的美女打情骂俏，显然没在听课。

“你们干吗踹门？”台上的教授质问我们。

“教授不好意思，请借我们二十秒钟，大门的损失我会赔偿！”小硬说。

关阿宅领着我们，怒不可遏地走到吴守正面前。

“干吗？”吴守正镇定地问，右手依旧揉搓着美女的肩膀。

“你既然已经在追雅玲，可不可以请你安分一点，不要跟其他女生搞暧昧？”关阿宅说。

“请你搞清楚，老子从来没有公开承认我和雅玲是一对。”吴守正说，“就算她已经是我的女朋友，我还是有到处交朋友的权利。”

“别妄想了！这辈子雅玲都不可能成为你的女朋友！”小硬把手机放在桌上，播放昨天晚上的影片，“你已经答应不再追求雅玲，证据在这里！”

“你们这么多人过来，就是为了这件事吗？”吴守正没瞧手机一眼。

“对！如果你敢不遵守承诺，我们立刻把这段影片放上网，让全世界知道你言而无信！”大朋说。

“谁说我不遵守承诺？我这个人说到做到，不过有一个条件。”吴守正说。

“什么条件？”关阿宅问。

“我会发一封短信给雅玲，告诉她我以后不会再找她。”吴守正说，“但如果将来有一天，是她主动向我投怀送抱的话，那可就别怪我上她。”

“你这个人怎么条件这么多？想出尔反尔吗？”大朋质问吴守正。

“我昨天晚上只答应从此不追她，没有答应过不让她追。”吴守正指着桌上的手机，“证据在这里，你们自己看！”

“你这么有信心雅玲会倒追你？”关阿宅问。

“废话。”吴守正冷笑一声，“我已经让到这种地步，如果你还追不到，那就表示你无能，没道理要我为了一个废物宅男的承诺，放弃跟美女上床的乐趣。”

“什么跟美女上床的乐趣？谁要跟你上床了？”关阿宅拍桌。

吴守正提起眼皮，认真地看了关阿宅一眼，却忍不住露出诡异的淫笑。

“淫笑什么？”关阿宅火大地问。

“怎么了？假装生气想回避我的条件？对自己这么没信心吗？”吴守正问。

“我没有回避！我是真的生气！”关阿宅说，“你听好了！我答应！而且我一定会赢！你一定会输！”

“口气真大，却看不清事实。”吴守正冷笑道，“在爱情的世界里，谁被爱比较多，谁就注定成为胜利者！”

●●. 09

MY GEEKY NERDY BUDDIES

美女主动约宅男，必有怪异！

当天晚上，我们一干人等来到学校附近的桌游馆，边用餐边玩桌游。

“阿宅，下午我们用群众力量帮你逼吴守正兑现承诺，这一顿该你请客！”大朋说。

“我是很感激你们啦，但吴守正不追雅玲，后面还有千千万万个富二代等着扑上去，就不能等我追到手之后再请客吗？”关阿宅问。

“我不管，今天这顿小的你请定了！”大朋说，“等追到手之后，你再请我们吃大的！”

“想吃大的是吗？没问题啊，反正不用钱。”关阿宅慷慨地说，“不过你们有得等了，我最近便秘，平均三天才能大一条。”

关阿宅的手机响起烦人的铃声。

“唉，你的手机怎么今天一直在响？”我问。

“对嘛！每隔几分钟叫一次，烦不烦啊？”高高迪嫌弃地说。

“就那个霏霏啊，自从她昨天晚上跟我要了微博账号之后，今天一直传信息过来问我人在哪，要不要一起吃饭看电影，后来我干脆给她‘不读不回’。”关阿宅说。

“不读不回？靠！你比雅玲还要狠！”小硬道。

“还敢抱怨雅玲对你‘已读不回’咧，你自己还不是一样对其他人不读不回吗？”高高迪说。

“哈！你对别人坏，别人也会对你坏！这叫报应！”大朋一边狼吞虎咽，一边揶揄关阿宅。

关阿宅的手机铃声再度响起。

“哈哈哈哈哈！报应又来了！”大朋用筷子指着关阿宅的鼻子大笑。

“这个霏霏烦不烦啊？”关阿宅拿起手机，瞄了一下荧幕，当场傻住，“这……”

“怎么愣住不动？你在表演‘中风’吗？”高高迪问关阿宅。

“你……你们看……”关阿宅目瞪口呆，把手机放在桌上。

我们欺身靠向那部正在响铃的手机，看到荧幕中央出现四个让人心惊肉跳的大字：“来电雅玲。”

“怎么可能？雅玲打给你？”我们异口同声大叫。

“这还不是最诡异的。”我道。

“美女主动打给阿宅，还不诡异？”大朋问，“那最诡异的是什么？”

“最诡异的是，阿宅怎么会有雅玲的手机号码？”我说。

“两个月前，我第一次帮雅玲破关成功，趁机跟她要微博账号。”

关阿宅说，“她当时直接报手机号码给我，我偷偷把她的号码加到手机的通讯录，后来我也抄了自己的手机号码给她。”

“卑鄙！”高高迪谴责道，“她是要你把号码加到微博，不是要你把号码加到手机的通讯录！”

“先别吵了，赶快接电话！”我催促关阿宅。

“可……可是……接电话之后，要说什么才不会搞砸？我有点害怕……”关阿宅彷徨地看着我。

“你的问题没有标准答案！再不接，你连害怕的机会都没有！”我果断点击荧幕，帮关阿宅按下通话键。

关阿宅战战兢兢拿起手机：“喂。”

对方传来甜美的声音：“嗨，我是雅玲。”

关阿宅紧张得一直吞口水：“嗨，怎么了？游戏卡关了吗？”

雅玲说：“我现在心情不是很好。”

关阿宅：“为什么？谁欺负你？”

雅玲说：“我不想在电话里说，出来再聊好吗？”

“出……出来再聊？”一听到这个仿如皇帝赏赐的关键字，关阿宅暗爽之情全写在脸上，整个人已经飘到九霄云外，“好啊！好啊！好啊！好啊！好啊！”

雅玲问：“明天下午有空吗？”

关阿宅：“课都排满了……呃不！我明天下午有空！呃不，我整天都有空！”

雅玲说：“那我跟你约明天下午两点，忠孝复兴站二号出口。”

关阿宅大叫:“好！明天见！”

挂掉电话后，关阿宅兴奋得站起来，在椅子之间跳上跳下。

“你们听到了没有？听到了没有？”关阿宅在桌前翻了一个后空翻后，问我们。

“你讲电话的时候开了扩音功能，我们能听不到吗？”大朋说。

“阿宅，你别太得意！”小硬泼冷水，“孔子说过，美女主动约宅男，必有怪异！”

“怪你老师啦！最好是孔子那个时代有‘宅男’这个名词！”关阿宅翻白眼。

“阿宅，你先冷静下来，仔细想想，雅玲心情不好，为什么不找自己的闺蜜诉苦，却要找你？”我问。

“一定是因为我经常在微博发信息向她嘘寒问暖，我的诚意终于打动了她！”关阿宅说。

“小心她是想利用你进行某种阴谋！”高高迪说。

“高高迪，我警告你，不要离间我和雅玲之间的感情！”关阿宅说。

“明天赴约前记得先买保险套，这种等级的美女要是怀孕了，你可养不起。”大朋说。

“不需要买！”关阿宅斩钉截铁地说，“我会答应跟雅玲约会，是因为我喜欢她，不是因为我想跟她上床！”

“别假了！”众人异口同声大叫，并以怀疑的眼神看着关阿宅。

“大家都是男人，你少骗我们了！”高高迪说。

“我没有骗你们！”关阿宅矢口否认，“我心里只想着怎样对雅玲好，如果将来有机会交往，我会每天替她做饭，每隔三天帮她打扫一次房间，把她当女神侍候，我真的没有想过要跟她上床！”

“口说无凭，不然来测谎！”小硬道。

“对啊，你最近不是写了一个测谎 APP 吗？敢不敢用那个 APP 测试？”大朋问关阿宅。

“测就测！谁怕谁？”关阿宅挺着胸膛说。

关阿宅打开手机，在荧幕上点击一个名叫“脉搏测谎”的 APP。

“这个 APP 是你写的？”我好奇地问关阿宅。

“对，有没有看到作者名字？”关阿宅指着荧幕右下方。

“Geek Guam。”我照着念一遍。

“我就是 Geek Guam，简称 GG，我已经写了三十五个 APP，这是其中一个。”关阿宅说。

“GG 先生，原来你一直用宅男的外表伪装自己，隐藏真正的实力。”我道。

“好说好说，像我这么优秀的男人，雅玲如果不打电话约我，那才是世界上最没有天理的事！”关阿宅自我感觉良好地说。

“够了哦！别因为其他人赞美两句，就以为自己真的是神！”小硬没好气地说。

“这个 APP 怎么测谎？”我问关阿宅。

“它可以根据你的脉搏跳动和体温变化，分析你说的是真话还是假话。”关阿宅说。

“所以要把脉搏放在手机荧幕上吗？”我问。

“对！”关阿宅语毕，以手腕穴位处紧贴萤幕，“如果你撒谎，它会一直哔哔叫。”

“阿宅，露出狐狸尾巴吧！”高高迪露出邪恶的笑容，命令关阿宅，“跟我念一遍！我纯粹是喜欢雅玲，我才不想跟雅玲上床！”

关阿宅正气凛然地说：“我纯粹是喜欢雅玲，我才不想跟雅玲上床！”

手机传来哔哔声。

“喂！吵死了！”大朋捂住耳朵。

“还不赶快关掉？”小硬道。

“关不掉的，必须说一句真话，它才会停止哔哔叫。”关阿宅耸耸肩，无奈地说。

“那你赶快说真话啊！”高高迪催促道。

“其实我有想过跟雅玲上床……”关阿宅回避我们的目光，低声对荧幕说。

手机不再哔哔叫。

“装什么纯情！早点承认不就好了吗？”小硬露出鄙视的眼神。

“嘴巴说不要，身体倒很诚实！”高高迪冷笑一声。

“笑屁哦！”关阿宅涨红着脸，恼羞成怒，“虽然我没有通过测试，但这种测试如果由你们来做，也一样会哔哔叫，你们没有比我高尚！”

“没有人要跟你比高尚好吗？”高高迪嗤之以鼻，“老子如果要测试，会直接说‘老子就是想入霏霏啦’！”

“真男人！”我们竖起拇指，激动地为高高迪鼓掌。

说时迟，那时快，就在我们为高高迪的豪迈喝彩之际，我瞄到外面转角处有一张熟悉的面孔，全身戴满俗气的金银饰品，额头朝天，以其独有的大摇大摆步伐走向桌游馆。

“天啊！这不是高高迪想入的霏霏吗？”我用眼珠示意方向。

众人沿着我的目光望向店外，发现逐渐靠近的霏霏，关阿宅吓得赶紧躲在桌下。

“你干吗？”大朋问关阿宅。

“拜托！别让她知道我在这里！还有，别让她知道我明天要跟雅玲约会！”关阿宅恳求道。

三秒钟后，霏霏踏进桌游馆，同时发现了我们。

●●. 10

MY GEEKY NERDY BUDDIES

该不该为了女神的手机号码出卖兄弟？

霏霏往四周扫瞄一遍后，问我们:“阿宅在吗？”

“不在！”我们异口同声回答，丝毫没有时间差。

“你们还真齐心啊！”霏霏道。

“呵呵……”我们心虚地笑着。

霏霏老实不客气地往关阿宅的位子坐下，眉头一皱，屁股感觉不对劲:“咦，怎么坐垫热热的？”

“呃……”大朋急中生智，“不会吧？会不会是你肝火太重，所以屁股发烫？”

“你不要老是找碴，有事没事都要跟老子吵架，肝火就不会那么重了！”高高迪说。

“没办法，每次看到你这个俗男，我就想狠狠地骂你一顿，不然血气无法畅通！”霏霏说。

“老子还真倒霉啊！为了你血气畅通，三不五时要挨骂！”高高迪说。

“阿宅在哪？谁可以告诉我？”霏霏问。

“不知道。”大宅们各个眼神坚定，纷纷露出“我们不会出卖兄弟”的表情。

“你找阿宅干吗？”我问霏霏。

“没有啦，就爱上了嘛。”霏霏说，“既然爱上了，就要积极一点追求自己的幸福！”

高高迪听得醋意大发，情不自禁地对桌下的阿宅踹了一脚。

“哇……呜！”桌下传来惨叫声。

“什么声音？”霏霏吓得六神无主。

“猫……猫叫声吧？”小硬说。

“猫叫声？怎么听起来像人？”霏霏瞄了桌布一眼，搓了搓下巴，发挥柯南办案的精神，“声音好像是从桌子底下传来的，该不会……”

霏霏提起蓄势待发的右手，准备翻开桌布之际，我灵机一动，企图转移她的注意力：“霏霏，我们来玩测谎 APP 吧！”

“什么测谎 APP？”霏霏的右手凝在半空中。

“那个 APP 叫脉搏测谎，是阿宅设计的。”我道。

“真的吗？阿宅会设计 APP？”霏霏惊喜地问。

“当然会，这是他的专长！”大朋说。

“奇怪，你口口声声说自己喜欢阿宅，怎么不知道他会设计 APP？”我问。

“我是昨天晚上才开始喜欢他的啊！他一整天都不让我跟他互动，我怎么知道那么多。”霏霏噘起嘴巴，语带委屈地说。

“没关系，我来帮你介绍一下他的 APP。”我道。

“好啊！”霏霏一脸雀跃，右手回到膝盖上。

我拿起关阿宅放在桌上的手机，点击萤幕中央的“脉搏测谎”图案。

“这个 APP 怎么玩？”霏霏探头望向手机荧幕，好奇地问。

“把你手腕的脉搏放在手机屏幕上，它会根据脉搏跳动和体温变化，分析你有没有说谎。”我道。

“这样吗？”霏霏以手腕穴位处紧贴手机屏幕。

“对！就是这样！”我点点头，“如果你撒谎的话，它会一直哔哔叫。”

“老子来问，你来答，敢不敢？”高高迪问。

“来啊！谁怕谁？”霏霏把脚放到椅子上，豪迈地坐着。

“你这辈子有作弊过吗？”高高迪问。

“没有！”霏霏说。

手机哔哔作响，高高迪指着霏霏的鼻子大笑。

“笑屁哦！换我来问，你来答！”霏霏把手机递给高高迪。

“老子才不要让你报仇！哈哈哈！”高高迪露出胜利的笑容，拒绝收下手机。

“没种！就只会欺负女生！”霏霏说。

“瞧你这坐姿，还敢说自己是女生？”高高迪说。

“我们的打赌本来还剩八天，如果你回答问题它都不哔，我减你一天！”霏霏说。

“好啊，早一天当情人也不错！”高高迪接下手机，并以手腕穴位处紧贴荧幕。

“它吵死了！怎样才能让它不再哔哔叫？”霏霏问。

“只要老子说真话，它就不会再叫。”高高迪道。

“那我问你，你是不是很想跟我交往？”霏霏问。

“是啊！”高高迪毫不害羞地承认。

手机终于不再哔哔叫。

“看吧！老子多诚实，老子这种才叫真男人！”高高迪骄傲地说。

“别浪费老娘的时间。”霏霏拿出电话簿，利诱我们，“谁愿意告诉我阿宅的行踪，我就给谁美女的手机号码！”

“哪个美女的手机号码？”小硬问。

“阿梅，本校最新的宅男女神。”霏霏说，“谁拥有她的手机号码，谁就可以在微博直接加她为好友！”

“阿梅的手机号码耶……”小硬犹豫了0.001秒钟后，兴奋地举手，“好！我说！阿宅明天……”

桌底下的关阿宅惊觉事态不妙，立刻往小硬的脚踝狠狠咬下一口。

“哇啊！”小硬痛得整个人弹起。

“怎么了？”霏霏问。

“抽……抽筋……”小硬痛得掉眼泪，却没有忘记撒谎。

“奇怪，抽筋明明是痛在身体里，这种程度的痛，会让人整个弹起吗？”霏霏纳闷地问。

“霏霏，你不要再说了，我是不会出卖兄弟的！”小硬大声疾呼，别说店里所有人，就连店外的路人都听得一清二楚。

就在我们对小硬的人格和品德感到敬佩之际，小硬却把脸靠向霏霏的耳朵，以桌底听不到的音量说：“阿宅约了雅玲明天下午两点，在忠孝复兴站二号出口见面。”

“谢谢你的情报。”霏霏小声回他，立刻撕下阿梅的手机号码，塞到小硬手里。

“该我谢谢你才对！”小硬兴奋不已。

“如果你们明天陪我去破坏阿宅和雅玲的约会，事成之后，我再给你们十个美女的手机号码。”霏霏举起十根手指头，“保证每个都是女神等级哦！”

众男面面相觑，各个表面上假装考虑，脸上的淫邪笑容却已透露出心中的意愿。

●●.11

MY GEEKY NERDY BUDDIES

肥宅与女神的第一次通话

隔天下午一点五十分，我、小硬和高高迪来到忠孝复兴站二号出口跟霏霏会合，我们躲在偏僻的角落，等候阿宅和雅玲的出现。

没想到两分钟后，大朋也来了。

“大家好！”大朋举起右手，嬉皮笑脸地跟我们打招呼。

“欢迎欢迎！”霏霏雀跃地说，“太好了，又多一个战友！”

“你来干什么？”小硬用谴责的语气质问大朋。

“我来帮霏霏的忙，然后拿美女的手机号码啊！”大朋理直气壮地说。

“你和川美都快交往了，拜托你专一一点，别跟我们抢机会好吗？”高高迪气愤地说。

“多认识十个美女有什么不好？万一其中一个美女喜欢上我，以后就可以白吃白喝了！”大朋自我感觉良好地说。

“想太多了吧！”我没好气地说。

“从来只有宅男养美女，哪有美女反过来养宅男的道理！”小硬翻白眼。

“你看看你！”高高迪指着大朋的鼻子，老实不客气地说，“脸又不帅，脑袋又只有幼儿园程度，竟然还妄想吃软饭？”

“快滚吧！”小硬向大朋下逐客令，“原本三个宅男分十个美女，每个宅男还可以拿到3.3个美女的手机号码，因为你的出现，我们每个宅男只能分到2.5个！”

“这里最该滚的人是你！”大朋反呛小硬，“昨天晚上你已经拿到宅男女神阿梅的手机号码了，竟然不满足，现在还要跟我们分其他号码，你不觉得自己很贪心吗？”

“都别吵了！”我说，“你们都忽略了一个盲点。”

“什么盲点？”众男异口同声地问。

“你们确定霏霏给的号码是真的吗？”我道。

众男边揉下巴边盯着霏霏，陷入怀疑。

“当然是真的！”霏霏斩钉截铁地说，“如果你们不相信的话，可以请小硬现在打电话过去。”

“我不敢打耶……”小硬畏缩地说，“我还在突破心理障碍，怕打过去会说错话。”

“终究还是要打的啊，晚打不如早打，不然你拿她的手机号码干什么？”大朋说。

“可是我还没准备好，而且贸然打给阿梅，我怕她会反感……”小硬的脸上写满顾虑。

“不然这样好了，你打过去假装找我，阿梅如果质问你为什么会有她的手机号码，你就说是霏霏给错了号码。”霏霏道。

“这样她就不会反感了吗？”小硬问。

“在天气这么美好的下午，打电话来的不是帅哥，而是一个痴肥的死宅男，反感是一定会的，但至少不会认为你是变态。”霏霏道。

“好！就用你的方法！”小硬从口袋拿出手机，输入阿梅的号码。

电话拨出后，在等待对方接听时，小硬额头全是汗，一脸紧张地问我们：“快！给我一点意见！我可以跟她聊什么话题？”

“聊什么都可以，千万别说她很美。”霏霏叮咛道。

“为什么？”小硬问。

“赞美的话她平时听太多，早就麻木了。”霏霏说，“你可以说点别的，让她觉得你跟其他男生不一样，你是个有想法的人。”

对方接电话了。

“呃，你好，我找霏霏。”小硬道。

“你打错了。”对方说。

“咦？”小硬拉高音量，假惺惺地说，“听你的声音，你不是阿梅吗？”

“你哪位？”对方问。

“我是小硬，前天晚上我曾经在舞会遇过你，当时我们之间有点小误会，但请你相信我，我真的不是故意的。”小硬道。

“哦，我想起来了，原来是你。”阿梅说。

“告诉你哦，其实我是你的头号粉丝！”小硬道。

“真的假的？”阿梅问。

“真的！每次当网站上有人转你的照片或最新消息，我都会不断帮你推文，把文章推到置顶才善罢甘休！”小硬说，“你记得ininderggg这个ID吧？就是我啊！”

“原来inindergg就是你哦？”阿梅问。

“对啊，inindergg就是我！你的每篇文章都是我帮忙推到爆的，因为我真的觉得你很美！”小硬道。

“谢谢！”阿梅语气平淡地说。

霏霏低声提醒小硬：“这种赞美太平凡了，说点不一样的！”

小硬转动眼珠思考，隆重地深呼吸一口后，以睿智的语气问阿梅：“看你的样子，应该有整形对不对？在哪里整的？”

“我的家族都是美女，我才不需要整形！”阿梅气得把电话挂掉。

“你是白痴吗？”霏霏抓狂地问小硬。

“你不是叫我说点不一样的吗？其他男生才不敢这样问，可是我敢啊！”小硬道。

“那结果呢？为什么她不继续跟你聊天，而是把电话挂掉？你觉得原因出在哪里？”霏霏问。

“我怎么知道！”小硬不爽地说，“是你叫我要让她觉得我很有想法，刚才那个问题我是经过深思熟虑之后才问的！”

“经过深思熟虑之后，还能问出这种脑残问题，我看你这辈子还是放弃把妹算了！”大朋嘲讽地说。

此时，关阿宅和雅玲刚巧同时出现在二号出口的正中央。

“嗨！”关阿宅一看到女神，兴奋得拼命讲话，“雅玲，今天终于能够跟你出来逛街，我真的非常非常高兴！可能是我这辈子最高兴的一天了！这个机会我已经等了很久，没想到梦想真的会实现，天啊！我现在心里像小鹿乱撞，一直跳个不停！真的非常谢谢你今天出来！谢谢你！”

“不客气。”雅玲强颜欢笑，看来心情不是很好。

“阿宅什么时候变得这么健谈？”大朋扬起眉毛，低声问我们。

“唉，阿宅讲太多话了，这样的他一点魅力都没有。”我摇摇头，暗感不妙。

“对嘛！把妹要用眼神，不是用嘴巴！”高高迪以专家的口吻说。

“你好像很懂嘛！看你那双丑陋的眼睛，请问你有把妹成功的经验吗？”霏霏怀疑地问高高迪。

“老子就是因为常常把妹失败，所以才知道眼神重要啊！”高高迪说。

“你好像闷闷不乐，是不是有心事？”关阿宅问雅玲。

“没事。”雅玲抿起嘴唇。

“有什么不开心，可以跟我说。”关阿宅道。

雅玲微微摇头，转身往马路方向移动：“走吧。”

关阿宅追上去：“去哪？”

雅玲道：“随便逛。”

“跟！”霏霏用手势示意我们。

霏霏一声令下，我们一行五人偷偷跟在关阿宅和雅玲后面。

“唉，我们距离他们只有十米耶，也跟太近了吧？”我小声问霏霏。

“不跟这么近，我们会跟丢啦！”霏霏小声回我。

“霏霏，我们来演情侣吧！”高高迪提出一个过分的要求。

“我为什么要跟你这种俗男演情侣？”霏霏问。

“万一阿宅和雅玲突然转头，他们会以为我们正在谈恋爱，而不是在跟踪他们。”高高迪说。

“那后面这三只怎么办？”霏霏指着我、大朋和小硬。

“这三只畜生演我们的奴才好了。”高高迪说，“皇帝出巡，有几个奴才跟在后面很正常！”

今天“皇帝”出巡的是忠孝东路，人潮行色匆匆，整形诊所林立。

关阿宅对雅玲说：“你不要不开心嘛，我唱首歌给你听好不好？”

雅玲问：“什么歌？”

关阿宅旁若无人，尽情高歌：“忠孝东路走九遍，穿过陌生人潮，搜寻你的脸。”

“你不要不开心嘛，老子唱首歌给你听好不好？”高高迪模仿关阿宅的语气，色眯眯地对霏霏说。

“什么歌？”霏霏问。

“忠孝东路整九遍，隆乳拉皮开眼，完美你的脸！”高高迪指着霏霏的眼睛，尽情高歌。

霏霏一巴掌甩在高高迪的脸上。

“呜，干吗打老子？”高高迪捂着脸颊问。

“我什么时候隆乳、拉皮、开眼了？”霏霏反问高高迪。

“呜，老子改歌词而已，又不是说你！”高高迪委屈地说。

“那你干吗指着我唱？”霏霏鼓起腮帮子问。

“啊？歌词里就有‘你’这个字嘛！”高高迪噘着嘴巴答，“刚巧你就在老子旁边，不指你，要指谁啊？”

“两位，打情骂俏也不要太大声好吗？”我低声提醒，“像你刚才那个巴掌，铿锵有力，阿宅和雅玲差点就转头了！”

“这里我最大！我喜欢大声就大声，我喜欢怎样就怎样！”霏霏神态自若地流露出富家女的气焰。

“不好意思哦，我必须告诉你一个残酷的事实，这里最大的人是我！”我道。

“你？”霏霏对我扬起眉毛。

“对！”我道，“将来哪天如果我心情不好，我还可以写雅玲、阿梅和川美同时向我投怀送抱，而且边抱边亲！”

“你敢写这种剧情，她们的粉丝会灌爆你的微博！”霏霏说。

“好啊，来啊，http：//weibo.com/u/1861701845。”我说。

“趁机打广告！无耻！”霏霏谴责道。

“有人走的匆忙，有人爱的甜美，谁会在意擦肩而过的心碎。”关阿宅对雅玲唱道。

“好好听哦！”雅玲拍手。

“谢谢！”关阿宅说，“刚巧走在忠孝东路，刚巧想起这首歌，所以就把它唱出来。”

“其实我不太喜欢这条路。”雅玲说。

“为什么？”关阿宅问。

“总觉得有一种压迫感。”雅玲说。

“我也是这么觉得耶！”关阿宅附和道，“你看，建筑物外墙挂满了整形诊所和餐厅招牌，看起来很繁华，但让人觉得很挤，路人莫名其妙地走很快，不知道在赶什么。”

“我有点厌倦这个城市了，到处都是商业大楼和住宅。”雅玲说，“如果有空的话，我挺想到郊外走走，接触一下大自然。”

“我也是这么觉得耶！”关阿宅附和道，“你最想去哪里走走？”

“阿里山吧，听说最近下雪了。”雅玲说。

“我也是这么觉得耶！”关阿宅附和道，“我还满想堆雪人和丢雪球的！我们约个时间一起去阿里山好不好？”

雅玲没有回答关阿宅的问题，二人走到微风广场。

雅玲说：“走吧！我们去看场电影！”

关阿宅问：“你想看哪一部电影？”

雅玲答：“《富二代们》。”

“雅玲想带阿宅去看《富二代们》耶！”霏霏虽然一脸妒忌，却情不自禁地露出兴奋的神色，“其实我也满想看这部！”

“《富二代们》？真让人讨厌的片名！”高高迪不屑地说。

“谁管你这种俗男讨不讨厌，我们女性观众喜欢就好！”霏霏说。

“这部电影的内容是什么？”大朋问。

“故事讲述一群富二代深深爱着穷家女孩，对她始终专一，从来没有想过追求其他女孩。这群富二代甚至不顾父亲们的反对，宁愿放弃庞大的家产，也要捍卫爱情，跟穷家女孩私奔。”霏霏道。

“哦，原来是奇幻电影。”高高迪恍然大悟。

“奇幻个屁！是感人又真实的爱情电影！”霏霏说。

“现实生活根本不可能有这种事，哪里真实了？”高高迪说。

“如果我有机会拍电影，我要拍一部《听说高富帅死了》。”小硬说。

“你打算怎么拍这部电影？”我问。

“很简单，片长九十分钟，全是我们宅男放鞭炮庆祝，到处狂欢的画面！”小硬道。

“谁要看你们这些死宅男庆祝九十分钟，我大概看九秒钟就看不下去了！”霏霏说。

“哼！谁叫高富帅追走我的女神阿梅，我还嫌九十分钟不够长咧！”小硬恨得牙痒痒。

“我不管你们以后要拍什么电影，你们现在通通给我上！”霏霏说。

“上什么？”众男纳闷地问。

“上去跟关阿宅和雅玲打招呼，然后一起看《富二代们》！”霏霏说。

“不好吧？如果我们这样做，可能会得罪阿宅耶。”高高迪畏缩地说。

“得罪阿宅，我以后就不能用他的电脑，也不能跟他拿免费的卫生纸了。”大朋忧心忡忡地说。

“得罪就得罪，不然你们以为今天来这里是为了什么？来逛街的吗？”霏霏问。

“为了拿美女的手机号码啊！”大朋说。

“美女的手机号码有这么好拿吗？”霏霏说，“以为什么都不用做，在忠孝东路走几步，在我旁边讲几个笑话，我就会给你们号码吗？”

“你们几个怕得罪阿宅的话，赶快滚回宿舍！”小硬不耐烦地说，“最好你们三个都滚回去，我来帮霏霏破坏就好，十个美女号码通通归我！”

“连一通电话都讲不好，那些号码落在你手上，根本是一种浪费！”高高迪冷笑。

为了不让小硬独吞十个美女的手机号码，我们深呼吸了一口，鼓起最大的勇气，挺着胸膛上前跟关阿宅和雅玲打招呼。

●●. 12

MY GEEKY NERDY STUDDIES

害美女被按赞数
少四倍的原因

我们嬉皮笑脸地向关阿宅和雅玲打招呼。

关阿宅脸色大变："你们来这里干什么？"

小硬冷笑："来这里当然是看电影，难道是为了看你吗？"

关阿宅问："看电影就看电影，为什么要带霏霏来？"

大朋道："你误会了，是霏霏带我们来的，今天她请客！"

霏霏说："对！今天我请大家看电影！"

雅玲问："霏霏，怎么这么巧？"

霏霏点点头："对啊，你想看哪一部电影？"

"《富二代们》。"雅玲答。

"这部我也想看！一起看好不好？"霏霏对雅玲说，"跟你当了同学这么久，好像还没跟你一起看过电影。"

"好啊，一起看。"雅玲一口答应。

"那我去买票！你们两个我也请了！"霏霏诡计得逞，慷慨地说。

关阿宅眼神哀怨地带着雅玲去买爆米花，霏霏则带我们几个损友买电影票，由于观影人数众多，她只买到最前两排的座位：前面四个，后面三个。

“我要让他们的约会变成一场灾难！”霏霏以雷霆万钧之势说。

“你打算怎么做？”大朋问。

“高高迪！”霏霏喊道。

“有！”高高迪说。

“你坐在阿宅和雅玲正后方，要不定时在他们耳边发出怪声，骚扰他们看电影！”霏霏下旨。

“遵命！”高高迪领旨，乖得像狗一样。

“小硬！”霏霏喊道。

“有！”小硬说。

“你负责坐在雅玲旁边，用你的狐臭破坏她的心情，为她的约会带来痛苦的回忆！”霏霏下令。

“遵命！”小硬听令。

“Stoneman！”霏霏喊道。

“有！”我说。

“呃……没事！我只是跟你打个招呼而已。”霏霏说。

“怎么突然变得这么客气？不分配工作给我吗？”我问。

“谁敢叫你做事，将来哪天你心情不好，把我的戏份全删掉怎么办？”霏霏说。

“我最近每天心情都很好，不用担心！”我道，“而且人在小说，身不由己，我还是得照着剧情走啊！”

“好吧，那你和大朋坐在高高迪左右两侧，好好看着他，别让他走过来烦我！”霏霏道。

“遵命！”我和大朋领旨。

“那你坐哪？”高高迪问。

“废话，我当然坐在阿宅旁边啰！”霏霏得意扬扬地说。

进场后，我们照着霏霏的安排入座；她、关阿宅、雅玲和小硬坐在前排，我和大朋则坐在后排，把高高迪夹在中间。

观众鱼贯入场，在等待电影开始之际，霏霏的破坏计划不但没有得逞，反而造成反效果；小硬的狐臭使得雅玲的身体情不自禁地靠向关阿宅，而霏霏的嘴巴一直喋喋不休，尽说些无聊话题，也使得关阿宅的耳朵出现排斥现象，身体不断倾向雅玲。

关阿宅和雅玲手臂互相触碰的一刻，二人相视一笑，关阿宅趁机拿起一颗爆米花，喂向雅玲。

“谢谢！”雅玲嫣然一笑，从口袋中掏出粉红色手机，“阿宅，我们拍张合照好不好？”

关阿宅兴奋得说不出话来，他上辈子一定积了大德，才能换来今天跟全校最正的女生合照的福气。

“好啊！我们来合照！”霏霏毫不害羞，不但代替关阿宅回答，还自作主张，“大家靠过来！靠过来！我们来拍照纪念这美好的一天！”

霏霏用命令的眼神盯着我们，小硬立刻靠向雅玲，我和大朋把头挤进关阿宅和雅玲之间，高高迪则把头伸到关阿宅和霏霏之间。

“大宅们，耶！”众男竖起两根手指头，比出胜利手势。

雅玲按下快门之际，关阿宅扬起尴尬的笑容，以僵硬的表情纪念这美好的一天，不，对他来说应该是倒霉的一天。

合照完毕后，众人回到原位，雅玲皱着不满的眉头，关阿宅无奈苦笑，二人没趣地互看一眼。

离电影播映还有一分钟，霏霏把握机会纠缠关阿宅，一直逗他聊天；面对霏霏的唠叨，关阿宅笑着敷衍，右手则利用空当在手机屏幕上偷偷打字。

同一时间，我和高高迪发现雅玲也在用手机，她专注地看着吴守正微博上的每一则留言。

灯光完全熄灭，整个大厅陷入一片黑暗，大银幕出现警语："看电影前请关掉手机，或转为震动模式！"

"记得关机哦。"关阿宅把身体转向雅玲，温柔地提醒她，"对了，你先把微博上所有新信息都看一遍，不然的话，要等两个小时之后才能看，可能会错过重要的消息。"

"嗯。"雅玲点点头。

"宝贝贝！"霏霏用力拉着关阿宅的手臂，硬把他的身体转回来，"我好累累，你帮我关机机。"

我和高高迪扑哧一声，差点喷血。

"你没手吗？不能自己关机吗？"关阿宅问。

"人家不是没手手，人家想你帮帮。"霏霏把手机递给关阿宅。

"好啦。"关阿宅很配合地接下手机，还笑着替她关机。

霏霏心里一阵陶醉，然而她再怎么深谋远虑，也没想到在他这抹微光映照的浅笑背后，竟然隐藏着一个落跑的大阴谋；关阿宅交还手机之际，霏霏借故触碰他的手指，这动人心弦的肉体交流，却成了今天最后一次互动。

电影开始后三分钟，雅玲上厕所了。

电影开始后五分钟，关阿宅用跑百米的速度奔向洗手间。

之后，他们两个再也没有回来过。

* * * * * * * * *

关阿宅和雅玲在光明的世界——忠孝东路重逢了！

“呼！总算摆脱他们了！”关阿宅松了一口气。

“幸亏刚才你聪明，提醒我关机前先看微博，不然我可能会错过你传来的信息。”雅玲说。

“其实那封叫你一起逃的信息，差点就发不出去了。”关阿宅说。

“为什么？”雅玲问。

“刚才霏霏一直缠着我，差点被她看到我打的内容。”关阿宅说。

“没想到霏霏这么缠人。”雅玲从口袋里掏出手机，雀跃地说，“别管她了，难得现在剩下我们两个，我们来拍一张好不好？”

“好啊！”关阿宅得寸进尺，竟然大胆提出一个过分的要求，“我们做爱心图案好不好？”

“好啊！”雅玲欣然答应。

关阿宅高举左手，弯下手腕，与举起右手弯着手腕的雅玲形成了一个巨大的心形；两人脸上挂着愉快的笑容，紧贴在一起合照，宛如真实的情人。

雅玲放下手机，盯着荧幕验收拍摄成果时，关阿宅赶紧追问：“接下来你想去哪里？”

“我有点想回家了。”雅玲突然变得很冷感，语气出现一百八十度转变。

“回……回家？”关阿宅完全不敢相信自己的耳朵。

五秒钟之前不是还很热情的吗？

怎么才拍了一张照片，就从酷热的非洲沙漠瞬间移动到寒冷的南极冰原？

“难道是因为我刚才左手摆得不够弯，她觉得我是个做事不认真的男生？”关阿宅暗中质问自己，心中一阵自责，把所有过错通通归咎于自己。

“怎么这么快就想回家？你是不是身体不舒服？”关阿宅问。

“这……没有啦，我突然又不想逛街了，所以……”雅玲吞吞吐吐地说。

关阿宅的失落之情全写在脸上，他上辈子一定是国王之类的伟大人物，但在统一天下之余也同时屠杀了几百万人，才换来这辈子有福气跟全校最正的女生约会，却只能合照，不能逛街。

“不……不然我们去旅游展看看好不好？”关阿宅企图改变自己的命运。

“为什么要去旅游展看看？”雅玲问。

“你不是说过想离开这个城市，去阿里山赏雪吗？”关阿宅道，“或许旅游展会有优惠方案。”

“好吧，那我们去旅游展看看，逛完就回家啰。”雅玲说。

“好！”关阿宅怀着感恩的心情点点头。

关阿宅和雅玲登上计程车。

在前往旅游展的路上，雅玲把刚才跟关阿宅合拍的巨大心形照上传到微博，短短一分钟即累积到 2127 个赞。

“太夸张了！”关阿宅大叫，“才一分钟就已经两千多个赞，真不愧是模特儿等级的美女！我平时可得发表四百篇文章，才能累积到两千个赞！”

“这次算慢了。”雅玲淡然道，“我每次上传自己的照片，一分钟就会有八千多个赞，如果照片性感一点，甚至可以破万。”

“是什么原因害你今天的按赞人数少了四五倍？”关阿宅问。

雅玲没有回答关阿宅的问题，只是默默地看着他，仿佛答案就在她的眼睛里。

关阿宅和雅玲把视线挪回手机屏幕上，他们看到照片的下面，是一群宅男崩溃的留言。

宅男甲：“他何德何能跟你合照？”

宅男乙：“人帅真好……噢不！他也没多帅啊！”

宅男丙：“这家伙长得跟我一样宅，他凭什么跟你摆心形图案？”

“就凭我转珠游戏玩得厉害！”关阿宅内心一阵暗爽，自我感觉良好地相信着，“每次当雅玲卡关的时候，我总是伸出援手，帮她更上一层楼，是我的付出终于感动了女神的芳心！”

基于某种不知道从哪里来的自信，关阿宅冲口而出问雅玲：“你今天是不是又卡关了？”

“没有啊。”雅玲摇摇头。

“没有吗？你不需要我帮你破关吗？”关阿宅略带失望地问。

“不用了，我这两天没在玩。”雅玲说。

“哦。”关阿宅有一种不被需要的失落感，随即试探地问，“对了，我有一个分身账号可以送你，已经三十二级啰，你要不要？”

“不用，我最近不太想玩那个，想换其他游戏了。”雅玲说。

一阵危机感瞬即涌上关阿宅的心头，雅玲对那个游戏失去了兴趣，意味着两人之间的互动将会越来越少，以后恐怕更难约了！

然而心头的危机尚未平复，更大的危机随即袭来……

“阿宅，我突然想起半小时后有约，所以我只能陪你逛十分钟哦。”雅玲说。

“哦，好。”关阿宅假装平静，企图掩饰心里的沮丧。

其实也不能奢求什么了，能跟女神再相处十分钟，已经是天大的运气，至少网上那群“宅男甲乙丙丁戊己庚辛壬癸”连相处的机会都没有！

而且，时间长短不是重点，厉害的人就是有办法利用这最后的十分钟，争取到以后的机会。

现在最大的问题是……关阿宅并不是一个厉害的人……

●●. 13

MY GEEKY NERDY BUDDIES

没有人会容许
牛粪和鲜花在一起

旅游展内挤满人潮，几百个摊位各自施展浑身解数招徕客人，有些推出民宿促销，有些推出欧洲各国火车票，有些推出机票酒店合购促销方案。

关阿宅和雅玲漫无目的地在摊位之间来回穿梭，逛着逛着，雅玲在一张巨型海报旁停下脚步，目不转睛地盯着海报中央的迪拜帆船酒店。

关阿宅跟着停下脚步，瞄了海报中央的迪拜帆船酒店一眼，然后习惯性地把它置诸脑后，不敢对它存有幻想。他深深明白自己出身于穷苦家庭，有些事情不用想太多，多想也是枉然。

“好想去哦！”雅玲情不自禁地说。

“我也想去。”关阿宅回道。

“如果你存钱的话，将来有一天你也可以去。”雅玲说。

“那是有钱人才能去的地方。”关阿宅摇摇头，“不是我们这种人去的。”

“哦。”雅玲冷冷回应，闪过一丝看透的眼神。

关阿宅发现在那一丝看透的眼神中，有一种瞧不起的成分。

女神一个轻视的目光，足以让人突然失去灵魂，一阵浓烈的沮丧感涌进关阿宅心头，使他的脑袋暂时失去了思考能力，嘴巴不自觉地吐出一个可怕的问题："你们女生是不是比较喜欢跟有钱人交往？"

"我们不是比较喜欢跟有钱人交往。"雅玲否认，"我们只是不想跟看起来没有希望的人交往。"

"怎么说？"关阿宅不明白。

"一个人没有钱，但会想办法存钱实现梦想，会比那些有钱人更吸引我们。"雅玲说，"当然了，如果一个穷人没有钱又没有梦想，自己早认定自己是个穷人，不会想去改变人生；这样的人，我们女生怎么可能跟他交往？"

雅玲的话仿如一道闪电，无情地穿进关阿宅的脑袋。

关阿宅当然知道，雅玲这番话其实是暗中回应他刚才那两句"那是有钱人才能去的地方，不是我们这种人去的"；很明显，她想要一个"人生胜利组"的男伴，而关阿宅的思考模式，却偏向"人生失败组"。

"时间差不多了。"雅玲瞄了一下手表，双脚往出口方向移动。

"哦。"在这个美女主导世界的年代，关阿宅即使心有不甘，也只能跟随她的脚步向前走。

两人路经一个旅行社的摊位，关阿宅抬头瞥见横额上的红布条出现醒目的大字："消费满 2000 即抽阿里山住宿券！"，落寞黯然的心灵废墟突然出现一线微弱的曙光。

"雅玲，等一下！有阿里山住宿的抽奖活动耶！"关阿宅指着红布条，雀跃地说。

两人停下脚步，摊位老板趁机上前拉客："阿里山这几天下雪哦！要去阿里山的话，现在正是时候！"

"这几天有房间吗？我看房间早就被订光了吧？"关阿宅说。

"我在阿里山有经营两间民宿，这几天确实满了，不过刚才突然有客人打电话来退租，所以明天晚上有两个空房间。"摊位老板说，"如果你们抽中的话，我可以安排你们明天晚上入住。"

"要不要抽抽看？"关阿宅问雅玲。

"花两千换一个抽奖机会，太不划算了。"雅玲是个精于计算的女生，很清楚眼前是一场不利的赌局。

"我们还有其他奖品，就算抽不到住宿，还有其他安慰奖。"摊位老板积极游说，"只要购买我们的五星级大酒店下午茶优待券，两人同行只要两千一百块钱，还可以立刻抽奖哦！"

雅玲兴趣缺缺，准备转身离去，在这生死存亡之秋，关阿宅当机立断，豪迈大喊："我买了！"

摊位老板向关阿宅竖起大拇指："真男人！"

关阿宅掏出腰包，买了两张根本不知道会不会去的五星级大酒店下午茶优待券，只因为雅玲曾经说过她想去阿里山赏雪，他要赌这个机会！

“怎么玩？”关阿宅问老板。

“箱子有一百个洞，你刚消费满两千，可以戳其中一个洞。”摊位老板指着戳戳乐彩箱说，“已经有八个洞被戳了，还没有客人抽到阿里山住宿券，所以您中奖的概率是九十二分之一。”

“我选十位数，你选个位数，好不好？”关阿宅问雅玲。

“好啊。”雅玲说，“但如果抽不中的话，可不要怪我。”

“没问题，我选1。”关阿宅说。

“那我选2。”雅玲说。

关阿宅举起食指，准备戳向12号小洞。

“上帝啊上帝，求求你把住宿券放在12号！错过了今天，我以后恐怕约不到她了！”关阿宅焦虑不安，暗中祷告，“以前我的思考模式很消极，是因为还没开窍，但刚才雅玲启蒙了我的想法，为了她，我愿意改变自己的生活态度；为了她，我会努力成为一个让她刮目相看的男人！求求你赐给我一次神迹！求求你！”

47。

“什么47？”关阿宅纳闷。

关阿宅不理会脑袋里莫名其妙冒出的数字，食指以石破天惊之势冲向12号小洞。

47。

食指在12号小洞上方紧急刹车，47这个数字始终没有放弃关阿宅，一直在他的脑里盘旋转动，场外的太阳穴还配合演出，涌起莫名的刺痛。

47。

“怎么不戳？”摊位老板问关阿宅。

“急什么？你不打算劝我改一下号码吗？”关阿宅反问摊位老板。

“我为什么要劝您改一下号码？”摊位老板镇定地问。

“你会这样回答，表示12号根本不是大奖！”关阿宅狡猾一笑，把食指从12号小洞上空往东南方向移动，在47号小洞上空停下来的一刹那，他瞄到摊位老板脸色大变。

“怎么改来改去？不是说好戳12号的吗？”摊位老板问。

关阿宅笑了。

关阿宅的食指往47号小洞狠狠地戳下去，抽出一张小纸条，上面写着：“阿里山住宿券两张！”

“爽啊！”关阿宅兴奋得大叫大跳，“谢谢上帝！谢谢上帝！”

“你们不是一人选一个号码，最后决定戳12号吗？怎么突然改戳47号？”摊位老板崩溃了，“大奖这么快就被抽走，待会谁还要消费啊？”

“哈哈哈哈哈！”关阿宅兴奋到无法自拔，在众目睽睽下跳起骑马舞，无视老板的苦恼，“呕吧江南屎呆儿！”

“请问一下，‘阿里山住宿券两张’这个奖品，是送两个房间，还是送一个房间两个人？”雅玲问摊位老板。

“一个房间，两个人。”摊位老板斩钉截铁地说。

“这样啊？”雅玲吓得连退两步，眼神流露着畏惧，“那我不就要跟他住在同一个房间了吗？”

“呕吧江南屎呆儿！江南屎呆儿！”关阿宅已经爽到忘了老爸姓什么，在摊位前手舞足蹈，跳来跳去，让摊位老板怒火中烧。

“小姐，容我问你一个问题，请问你跟这个白痴很熟吗？”摊位老板指着关阿宅，低声问雅玲。

“不熟。”雅玲坦白回答。

“我就知道！你就像一朵刚盛开的白玫瑰，而他就像一坨刚被拉出来的牛粪，再怎么看都不像情人！”摊位老板拍了拍胸脯，慷慨地说，“我决定了！本来我只打算送一个房间，现在我决定送你们两个！”

“这么大方？”雅玲受宠若惊。

“对！我就是不爽牛粪可以跟鲜花住在同一个房间！”摊位老板说。

“谢谢老板！”雅玲兴奋地说。

关阿宅停下来后，摊位老板开出两张住宿单，分别交给雅玲和关阿宅。

“你住106，你住107，明天你们把单子和身份证明文件带过去，交给前台的张小姐就可以了。”摊位老板说。

“请问107是单人房还是双人房？”关阿宅问。

“双人房，你们可以各自带一位朋友过去。”摊位老板说。

“老板，你为什么不干脆安排我和她住在同一个房间呢？”关阿宅语带失望地问。

摊位老板露出诡计得逞的笑容。

“如果我们要住在同一个房间，明天我一定不会去。”雅玲说。

“真的哦？”关阿宅问。

“当然！”雅玲说，“是因为老板多送一个房间，所以我才决定去！”

“老板，你真是我的贵人！谢谢你！”关阿宅激动地说，“谢谢你宁愿少做生意，也要多送一个房间给我们！”

“你们这两个狗娘养的！”摊位老板握着拳头，火大地说，“在我还没有发飙之前，你们最好立刻在我眼前消失！”

●●. 14

MY GEEKY NERDY BUDDIES

我们是会影响
别人食欲的低等生物

繁华的忠孝东路上，四个被霏霏遗弃的怨男在诅咒某人。

“郑成功说过，关阿宅是全世界最烂的男人！”小硬愤怒地说。

“切他爸的蛋！死阿宅为什么要落跑？害老子拿不到美女的电话号码！”高高迪恨得咬牙切齿。

“哈哈，我没差，反正我没花半毛钱就看了一部电影。”大朋乐不可支，“今天我赚到了！”

“免费看了一部烂片，有什么好骄傲的？”我问。

“不知道是哪个编剧写的坑爹电影，一群富二代平时不用工作赚钱，天天想着怎么把妹，用尽各种方法讨好穷家女，女生为什么会喜欢这种无脑意淫片？”小硬道。

“这根本就是女人的 A 片！”高高迪不屑地说。

“好啦，大家别气了，我有一张冰淇淋优惠券，我请你们！”大朋慷慨地说。

“你请我们？”世界末日是不是快到了？我们不敢相信大朋竟然会说出这么大方的话。

“对！我请你们，这张优惠券我免费送给你们用！”大朋从口袋里掏出一张票券，塞到我手上，“四人同行，一人免费哦！”

“四人同行，一人免费？”我道，“所以是四个人付钱，只要花三个人的价钱。”

“错！是你们三个人付钱，花三个人的价钱。”大朋贼头贼脑地笑道，“因为我免费！”

* * * * * * * * *

我们四宅男来到某百货公司 B1 的冰淇淋店。

小硬毫不客气地买了一份两百多块钱的综合冰淇淋，大朋揶揄道：“硬哥，你已经胖到连自己的小鸡鸡都看不到了！还敢吃那么多？”

小硬满不在乎地说：“哎哟，小鸡鸡这种东西，看不到有什么关系？可以用比较重要！”

我们各自消费后，正要转身准备找座位时，店员突然叫住我们：“四位宅男……呃不，四位先生，对不起，你们不能坐在店里。”

大朋问：“为什么？”

店员道：“呃……我不好意思说，总之你们四个不能坐在店里。”

我不懂地说：“你男子汉大丈夫，讲话可以干脆一点吗？不好意思什么？”

小硬附和道：“对嘛，有什么你就直说，为什么我们不能坐在店里？”

“好吧，那我就直说好了。”店员坦白回答，“因为你们四个的存在，会影响到其他客人的食欲，同时也会影响到其他路人进来消费的意愿！”

高高迪不爽地问：“切你爸的蛋！什么叫我们会影响其他客人的食欲？你什么意思？”

我生气地问：“你是嫌我们蓬头垢面，穿着不体面吗？”

小硬火大了：“讲话还真直接！你以前的老师没教你说话要婉转一点吗？”

“刚才明明是你叫我直说的，怎么现在又怪我太直接？”店员噘着嘴巴，语带委屈，“对不起，本店不欢迎宅男久留，请四位到别的地方用餐。”

小硬怒不可遏：“我花了两百多块买你们的冰淇淋，为什么不能在店里用餐？就因为我们看起来很宅吗？”

高高迪气得跺脚：“老子要告你们‘宅男歧视’！叫你们的经理滚出来！”

说时迟那时快，一个西装笔挺的型男走了过来。

“我是经理，请问发生什么事呢？”西装型男问。

“你们的店员说本店不欢迎宅男！”高高迪大叫。

“你们的店员说我们三个会影响其他客人的食欲，不准我们坐在店里！”大朋气愤地说。

西装型男问店员：“你真的这样跟他们说吗？”

店员吓得低着头，不敢直视我们：“对……”

西装型男把嘴巴靠向店员的耳朵，低声教训他：“我之前就跟你说过了，赶那些死宅男出去要有技巧，要用好听一点的理由，不要太老实，你都忘了吗？”

大朋激动地问：“讲话客气一点！什么死宅男？”

我没好气地说：“请不要用我们听得到的音量教训店员好吗？”

西装型男说：“四位对不起，你们所消费的商品不能在店里享用哦。”

“老子买了你们最贵的食物，为什么不能在店里享用？”小硬指着其他客人，愤愤不平地问，“他们买的是最廉价的单球，为什么却可以在店里吃？”

西装型男脸不红气不喘地说：“对不起，这是规定。”

大朋呛声：“这规定也太瞎了吧！哪个白痴订的啊？”

高高迪嗤之以鼻：“分明是歧视我们穿着邋遢，才赶我们走！”

“我们没有歧视你们，这真的是本店的规定。”西装型男虚伪地笑了笑，随即扬起右手，“四位，请离开。”

被逐后，我们在美食广场的长椅上坐了下来，一边吃着贵而不实的冰淇淋，一边咒骂这个社会。

“干！”大朋怒火中烧，“凭什么赶我们出来？”

“会打扮就可以在店里用餐，穿蓝白拖鞋的就得滚出来，这个社会就是充斥着一群只看外表的白痴，才会出现这么多衣冠禽兽！”高高迪拍桌怒吼。

“我今天是倒了八辈子的霉，看了一部超级大烂片，没拿到美女的电话号码，买个冰淇淋还被赶！”小硬道，“都怪那个关阿宅！要不是他和雅玲私奔了，我现在已经准备打电话约校花了！”

“哈哧！”不远处传来一个诡异的喷嚏声。

关阿宅拿着阿里山民宿 107 号房间的住宿券，独自乘电梯前往百货公司 B1 找食物，突然打了个喷嚏。

“谁在说我坏话？”关阿宅擦了擦嘴唇上的鼻水，一阵纳闷。

关阿宅竖起耳朵，听到 B1 传来熟悉的叫骂声，其中一句是“切你爸的蛋”。

电梯抵达 B1 时，关阿宅立刻发现了我们，无奈地翻了个白眼：“我就知道！果然是你们！”

“切你爸的蛋！大家看，罪人来了！”仇人相见，分外眼红，高高迪的语气很不友善。

我好奇地问：“你怎么会出现在这里？雅玲呢？”

关阿宅说：“刚陪她逛完旅游展，肚子饿了，想下来吃东西，突然听到一个猥琐的声音在切别人老爸的蛋蛋，我就想可能是高高迪；没想到下来一看，还真的是高高迪！”

“全世界只有高高迪会切别人老爸的蛋，这种事还要‘想’吗？”小硬用鼻子喷气。

“你们四个怎么啦？怎么一副怒气冲冲的样子？”关阿宅问。

“我们刚才被歧视耶，当然愤怒！”大朋握着拳头说。

“干！”小硬大叫。

“我们刚才买了冰淇淋，本来打算在店里用餐，结果店员说不欢迎宅男久留，说我们的存在会影响其他客人的食欲，后来经理还把我们赶出来。”我道出案发经过。

关阿宅瞄了我们一眼，用理所当然的口吻说：“你们看看自己的鸟样吧！出门也不抓一下头发，一身脏衣服充满了汗臭味，领口还起荷花边，谁敢把你们留在店里？”

“为什么出门一定要抓头？发蜡要钱耶！”大朋说。

“老子喜欢走自然路线，不行哦？”高高迪说。

“干！”小硬大叫。

“人最重要的是内心！”高高迪说，“内心丑恶的人，就算穿了西装还是丑恶；内心纯洁的人，就算蓬头垢面还是纯洁！”

“少在这边讲人生哲理！”关阿宅说，“这种对白，如果由帅哥说出口，叫有深度；由你这种死宅男说出口，叫自以为是！”

“干！”小硬大叫。

“你除了干之外，还会其他词语吗？”关阿宅在我们旁边坐下来后，问小硬。

“Fuck！”小硬道。

“阁下果然博学多才，精通中外文化！”关阿宅说。

“你和雅玲后来怎样了？有进展吗？”我问关阿宅。

“我们后来一起逛了旅游展，还抽中明天的阿里山住宿券。”关阿宅说。

“这样啊？”高高迪一脸羡慕，“孤男寡女共处一个房间，你明天破处在望了！”

“想太多！是我一个房间，她一个房间，我们可以各自带一个朋友过去。”关阿宅说，“刚才跟雅玲道别的时候，她说明天会带她妈妈一起去。”

“那你打算带谁去？”我问。

“选我！选我！”大朋立刻高举右手。他只要听到任何免钱的事，身体就会变得异常敏感。

“她带她妈妈过去，我也只好带我爸爸过去啰。”关阿宅说。

“什么？”小硬吓得吐出口中冰淇淋，“你要带你那个拜金的老爸过去？”

“阿宅，你可要好好考虑清楚，毕竟雅玲不是有钱的女生啊！”大朋说。

“阿宅，你爸爸老是鼓励你跟有钱的女生交往，又常常叫你多去豪宅附近闲逛，一旦发现跟有钱人同姓的女生时，就要积极搭讪。”高高迪说，“你确定带这种老爸一起去阿里山把妹，是一件好事吗？”

“他毕竟是我老爸，而且今年父亲节我忘了买东西送他，这次旅行就当作是补给他的礼物。”关阿宅说。

看来，关阿宅的爱情之路，又要再增加一道障碍了。

●●. 15

MY GEEKY NERDY BUDDIES

要跟心爱的正妹泡温泉，
必须有所牺牲

第二天，关阿宅带着爸爸，雅玲带着妈妈，一行四人坐游览车前往阿里山。

玲妈年约四十五岁，染了一头时髦的紫发，身形略胖但风韵犹存，与雅玲坐在前排；宅爸年约四十岁，皮肤白皙，看起来不到三十岁，大眼睛搭配高挺的鼻子，头发虽然凌乱却不足以使他帅气的脸蛋打折，身穿紧身皮衣和牛仔裤，与关阿宅坐在后排。

阿宅和雅玲都是单亲家庭长大的小孩。

玲妈年轻时经历多段感情，雅玲从小跟玲妈相依为命，四处飘泊，彼此感情特别好；宅爸年轻时经历多个网络游戏，关阿宅从小跟宅爸组队打怪，天天宅在家里打装备，彼此靠地城和 PK 交流感情。

路上，玲妈老是偷偷转头盯着宅爸看，宅爸如果不说自己的嗜好是每天窝在家里玩游戏，倒也人模人样。

宅爸对玲玛没什么感觉，倒是玲妈似乎很喜欢宅爸，竟开口主动搭讪，然而她尽提出一些让人难以启齿的话题，比如说“怎么四十岁了，一幢房子都没有？”“怎么月收入不到三万？”之类的白痴问题，使宅爸很无语。

趁玲玛转身吃零食的空当，宅爸低声叮咛关阿宅：“你将来如果要结婚，记得要找一个有钱的，因为女人不管有没有钱，都是洪水猛兽！”

“洪水猛兽，不是用来形容我们男人的吗？”关阿宅低声回他。

“随便啦，知道大概意思就好！”宅爸低声说，“女人是言语上的洪水猛兽，跟你非亲非故，没聊几句就开口问你怎么没有房子，怎么没有车子，收入怎么那么少，关她们屁事哦！”

“我想，她应该只是想找话题跟你聊，你不要想太多。”关阿宅低声说。

“不会讲话，干吗找人聊天？”宅爸用鼻子喷气，“女人是地球上最可怕的生物，如果你要把女人娶进门，记得娶个有钱的，将来万一离婚，还可以分钱！”

“我听到啰！你说我们女人是地球上最可怕的生物！”玲妈转头说，“你们男人也没多好啊，你们只要有钱，就会红杏出墙！”

“红杏出墙，不是用来形容我们女人的吗？”雅玲问玲妈。

“随便啦，知道大概意思就好！”玲妈说，“男人只要有钱，就会爬墙出去找乐子，你将来如果要结婚，记得要找一个听话的，一辈子管好他的钱！”

一行四人抵达阿里山民宿，跟前台的张小姐登记后，关阿宅带领宅爸走进 107 房间。

宅爸放下行李后，立刻连上微博发文，接着便躺在床上，准备玩转珠游戏。

“叩叩叩！”外面传来敲门声。

“谁？”关阿宅和宅爸异口同声地问。

“我是玲妈，你们行李放好了吗？”门外的声音说。

“放好了。”关阿宅答。

“外面积雪很厚耶，我们出去打雪仗吧！”玲妈兴致勃勃地说。

“一把年纪了，打什么雪仗？”内向的宅爸懒洋洋地看着手机屏幕。

“你会用智能手机，还会上微博发文，干吗装老？”关阿宅吐槽。

“对嘛！明明心态就很年轻，来打雪仗吧！”玲妈说，“二对二比较好玩啦！”

“我才不要！”宅爸说，“两男对两女，输了没面子，赢了却要被说我们欺负女人，怎样都划不来，还不如玩游戏！”

“难得来到阿里山，就别玩游戏了！在家里还没玩够吗？”关阿宅没好气地说。

“没有人规定同一队要两男或两女，一男一女组一队也可以啊！”门外的玲妈说。

“一男一女组一队？”关阿宅听到关键字，内心瞬间卷起巨浪，这意味着他可以跟雅玲一起出生入死，共同战斗！

“我不愿意跟外面那个胖女人同一队。”宅爸低声对关阿宅说。

“啊？”关阿宅一听，晴天霹雳。

“你跟她一队，我跟她女儿一队。”宅爸说。

“你还真会挑啊……”关阿宅说。

“我将来还要找个有钱的女人结婚，我不想让外面那个胖女人成为我的污点！”宅爸说。

“爸，你到底是哪里来的自信，认为有钱人家的女儿会嫁你这种几十岁，而且每天窝在家里的老头？”关阿宅问。

“感情这种事，很难说啊！”宅爸的自信丝毫没有动摇。

关阿宅一行四人走到森林游乐区，沿路很多游客在堆雪人或打雪仗。

几对情侣拿着雪球互相追逐嬉闹，跟关阿宅擦身而过；关阿宅看到那些情侣幸福的模样，再想想雅玲一路都跟他保持一米以上的安全距离，不禁悲从中来。

喜欢上雅玲的这一年来，关阿宅常常在微博找她聊天，又主动帮她玩游戏破关，付出了不少时间和心思，得到的回报却远低于预期，冷淡的态度仿如陌生人。

如此疏离的关系再继续下去，大概也只能看着她将来某一天被其他人追走，到时候阿宅的心，恐怕会比现在的阿里山还要冰冷。

四人来到一片路人较少的树林，分成两组开始打雪仗。

关阿宅与玲妈一组，遭到宅爸和雅玲狂轰猛炸；玲妈不太敢攻击宅爸，关阿宅也不太敢丢雅玲，二人完全处于劣势，以八比三十一败涂地、惨不忍睹。

“该反击了！”玲妈闪过一次夹击后，对躲在身旁的关阿宅说。

“我爸丢雪球的动作很快，你女儿也不慢，怎么反击？”关阿宅问。

“我们一边丢雪球一边后退，我负责引你爸追上来，你负责引雅玲追上来。”玲妈露出阴森的眼神，“接着，我们就要大义灭亲了！”

“大义灭亲？”关阿宅问。

“对！雅玲不敢丢我，而你爸一直攻击我，不想丢你。”玲妈说，“所以待会我主攻雅玲，你主攻你爸，把分数追回来！”

“好！”关阿宅点点头。

关阿宅和玲妈且战且走，善用树木和石头躲藏，二人灵活运用战略，终于把比分追到三十七比四十三。

宅爸和雅玲也开始改变战略，咬起牙来大义灭亲，关阿宅和玲妈被左右两边夹攻的雪球逼到一个没有遮蔽物的空地，二人赶紧转身，全力奔向后面的森林。

关阿宅和玲妈来到一个坑洞躲藏，发现宅爸和雅玲没有追过来，二人松了一口气，瘫坐在雪地上。

“累翻了，先休息一下吧！”关阿宅说。

“好累哦！玩到什么气质都没了！”玲妈说。

“趁这段时间先做雪球吧，我们一次做三十个，准备第三回合大反击！”关阿宅道。

“好！”玲妈一边制造雪球，一边问关阿宅，“说实话，你应该很期待晚上跟雅玲单独泡温泉吧？”

“我才不期待这种事。”关阿宅一副正人君子的语气。

“不期待才怪！”玲妈说，“别装了，我女儿可是你们学校的校花，哪个血气方刚的男生不想跟她泡温泉？”

“好吧，的确有那么一点点想啦……”关阿宅害羞地承认。

“我是希望你追雅玲，但作为她的妈妈，我不想看到你今天晚上跟她泡温泉，至少现在这个阶段不行。”玲妈说。

“你希望我追她？你说真的吗？”关阿宅张大嘴巴。

“说真的，我没有很想雅玲嫁豪门。”玲妈道。

“你跟一般人的想法很不一样耶。”关阿宅说，“很多人如果有一个漂亮的女儿，都会恨不得让她嫁进豪门。”

“很多人整天想嫁豪门，但嫁进豪门又怎样呢？”玲妈说，“我也进过豪门，现在银行户头还不是没什么钱。”

“你进过豪门？”关阿宅认真地打量了玲妈的身材一眼，怀疑地问。

“当然！”玲妈挺着胸膛，骄傲地说，“别看我现在身材走样，我年轻时可是个性感又窈窕的大美女，大家都叫我台南麦当娜！”

“台……台南麦当娜？”关阿宅吓得捏爆手中的雪球。

“怎么？怀疑哦？”玲妈问。

“没事，大家都叫我台北萧敬腾。”关阿宅说。

“如果我年轻的时候不是个大美女，又怎么会生出雅玲这么优秀的品种？”玲妈说。

“这倒是真的，我相信你！”关阿宅点点头。

“我当时就是仗着自己有点姿色，只跟有钱人交往，最后还嫁入豪门，生了雅玲，还在豪宅里住了八年。”玲妈说，“可是当时我一点都不快乐，因为每一天都要面对他们家人的压力，他们非常在意钱，给我的生活费很少；后来外面的小三替我前夫生了个男孩子，我的地位就不保了，最后离婚收场。”

“那你离婚时拿到多少赡养费？有没有一亿？”关阿宅问。

“想太多！有钱人之所以是有钱人，是因为他们有脑袋，守得住手上的钱。”玲妈说，“像他们那种守财奴，怎么可能让我分一半财产？”

“所以你完全没拿到赡养费吗？”关阿宅问。

“是有拿到啦，但他们用了很多手段，最后我只拿到七位数，买个房子就花光了。”玲妈说。

“虽然我是男生，但听完你的故事之后，我不得不说，有钱的男人真是靠不住！”关阿宅道。

“本来就靠不住！”玲妈说，“雅玲小时候有一段时间在豪宅长大，娇生惯养，她过不惯没钱的生活，所以她也仗着自己有点姿色，选择跟富二代交往。”

“跟你当年的想法一模一样。”关阿宅说。

“唉，”玲妈深深地叹了一口气，“我常常跟她说，富二代不愁没有女人，玩腻就会换，我劝她找一个真心爱她的男人比较好，但她就是听不进去。”

“你说得对极了！与其选一个爱玩的富二代，还不如选一个上进的男人！”关阿宅说得激动，还毫不客气地指着自己的鼻子，仿佛在暗示什么。

以前的关阿宅不是一个上进的男人，但经过昨天雅玲那番话的洗礼之后，他已经下定决心朝人生胜利组的方向努力，要成为一个能给她安全感的男伴。

“雅玲暗中跟那个什么吴守正交往，我觉得她总有一天会被甩掉。”玲妈说。

“你知道吴守正？”关阿宅惊讶地问。

“当然知道！我们母女之间的感情很好，她微博收到的信息，都会跟我分享。”玲妈说。

“这……那我发给她的所有信息，你不就都知道了？”关阿宅睁大双眼。

“当然知道！”玲妈说，“我知道你常常找雅玲聊天，但她每次看完你传来的信息之后，通常都是‘已读不回’，除非她需要有人帮忙破关。”

“唉，微博果然是一个没有秘密的地方。”关阿宅摇摇头。

“我有看到你的努力，虽然雅玲几乎都不理你，但我相信你总有一天会成功的，你就是缺一个机会，请你不要放弃！”玲妈鼓励关阿宅。

“谢谢！”听到长久以来的那些努力在这一刻终于得到肯定，关阿宅差点哭出来。

“反观那个吴守正，他的微博从来不放雅玲的合照，也从来没有承认过他和我的女儿有交往。”玲妈说。

“他这是什么心态？为什么不放合照，也不承认？”关阿宅问。

“这样才能把更多的妹啊！他爱我的女儿才怪！”玲妈不爽地说，“他们之间根本就不存在任何真爱，但我女儿就是看不清。”

“唉！问世间，爱情啊！”关阿宅一边叹气一边唱歌。

“我的前半生跟很多有钱人交往，还嫁了豪门，但没有一个是我的真爱。”玲妈说，“我希望雅玲可以遇到真爱，而不是走我的老路，所以请你好好加油！”

“谢谢你这么看重我，但你怎么知道我就是你女儿的真爱？”关阿宅问。

“说真的，我也不确定。”玲妈说。

“这……”关阿宅差点昏倒。

“我看你平均两天就会传信息给雅玲，讲笑话给她听，逗她聊天。就算她不理你，你也不会放弃，过两天还是继续传笑话给她，问她游戏有没有卡关，写作业有没有困难，需不需要帮忙。”玲妈说，“像你这样的频率，如果不是非常爱我的女儿，恐怕是做不到的。”

“唉，非常爱又怎样呢？”关阿宅无奈地说，“我缺乏跟她互动的机会，再努力也是枉然。”

“你想要怎样的互动机会？”玲妈问。

“比如说，跟她一起泡温泉……”关阿宅开口提出一个低级的要求。

“这种互动未免太过分了吧！”玲妈说。

“在这种冰天雪地的环境，本来就适合一起泡温泉，增加彼此之间的感情。”关阿宅说，“而且，如果我错过了今天，以后可能一辈子都没有机会再约你的女儿出来了。”

“好啦，你就别哭丧着脸了，顶多我想个办法，安排你跟雅玲泡温泉。”玲妈说。

“真的吗？你没骗我吧？”关阿宅受宠若惊，“雅玲是你女儿耶，你愿意安排我跟她泡温泉？”

“可以，不过有条件。”玲妈说。

“什么条件？”关阿宅问。

“我看你爸爸蛮帅的，你也要帮我想个办法，安排我跟你爸一起泡温泉！”玲妈说。

“这……这……”关阿宅犹疑了。

虽说，成就大事必须有所牺牲，但为了跟心爱的美女一起泡温泉，把眼前这个老女人推给爸爸，未免也太不孝了吧？

“好！我来帮你想办法！”考虑不到两秒钟后，关阿宅选择当一个不孝子。

●●. 16

MY GEEKY NERDY BUDDIES

要进入正妹的世界，请先搞懂她的语言

“我的房间附设泡澡池，你的房间有没有？”玲妈问关阿宅。

“我的房间也有泡澡池。”关阿宅答。

“不然今天晚上我和你互换房间如何？”玲妈道。

“好啊！这个主意不错！”关阿宅兴奋大叫，面露淫笑。

一秒钟后，关阿宅的脸遭到雪球攻击，淫笑瞬间歪掉。

“他们躲在下面！攻击！”坑洞上方的雅玲对身旁的宅爸说。

“我听到啰！”宅爸一边往下丢雪球，一边说，“你们刚才说要互换房间，是怎样？想跟我们单独泡温泉是吗？”

“可恶！你们偷听我们讲话？”玲妈拿起雪球往上丢。

“谁偷听了？是你们讲话太大声！”宅爸说。

“我才不要跟这个宅男单独泡温泉！”雅玲边说边把雪球丢向关阿宅。

由于二人的大意，这场雪仗不但以五十六比一百零七惨败，他们还因此失去了跟梦中情人单独泡澡的机会。

傍晚用膳后，四人相约到公共浴场。

出发前，雅玲和玲妈在 106 号房间宽衣解带；裹上大毛巾时，床边的手机突然响起微博新信息的铃声。

雅玲立刻奔往床边，打开手机一看，发现吴守正被标注在一张亲密合照上，照片来源是“车马妹”；照片里，吴守正和车马妹左脸颊贴着右脸颊，甜蜜地共享着一根巧克力棒。

雅玲伤心地放下手机，泪水在眼眶里打转。

“这个车马妹是谁？”玲妈瞄着手机屏幕，好奇地问。

“她是我们学校新近崛起的美女。”雅玲说。

“想哭就哭出来吧。”玲妈拍拍雅玲的背。

“呜哇！”雅玲抱着玲妈，放声大哭。

“其实，你要跟他交往，早就该有被劈腿的心理准备了吧？地球上有几十亿的女人，除去小孩、老人和恐龙之后，起码还有两亿个是正妹，一个有条件又乐于到处尝鲜的富二代，你又怎么可能留得住？”

这番话，玲妈吞回咽喉，没有说出来。

十分钟后，四人裹着大毛巾，拿着脸盆来到公共浴场门口。

关阿宅和宅爸看到雅玲凹凸有致的身材，光滑细长的美腿，大毛巾遮住了巨乳却遮不住傲人的事业线，脸上却露出宛如小白兔误触捕兽器的受伤眼神。

“你眼睛怎么红红的？”关阿宅问雅玲。

“没事。”雅玲不想回答这个问题——因为对象不对。

“对了，过几天有日食，我可不可以约你一起去看？”关阿宅问。

“日食？”雅玲问。

“没错！日食！”关阿宅用力点头，眼神充满热血，“当月球运行到太阳与地球之间，太阳的光线被月球挡住，我们才能够看到难得一见的日食！”

“哦。”雅玲一脸兴趣缺缺。

“你知道吗？天文学家说过，一个地区要看一次日食，平均相隔一百多年；这么重要的日子，我想跟我最重要的人一起去看！”关阿宅用眼神示意雅玲。

“那你应该约你爸一起去看啊。”雅玲说。

“呃……这……”关阿宅接不下去。

“我先去冲身体啰，待会见。”雅玲转身走进女生专用的淋浴间。

四人分别在男女专用的淋浴间彻底洗净身体后，穿着泳衣来到一个较小的公共浴池，大小刚巧适合四人到六人使用。

四人下水后，宅爸和雅玲聊得很投缘，他们之间有共同的话题；宅爸说自己这些年来在网络游戏里认识了不少富二代，有空可以介绍给雅玲，雅玲则说自己经常出席时尚派对，认识很多千金名媛，有空可以介绍给宅爸。

关阿宅没趣地坐在不远处泡温泉，等着切入的时机，然而宅爸和雅玲聊到忘我，反而是玲妈切入关阿宅寂寞的世界。

“别看我女儿现在聊得这么快乐，其实十五分钟之前她很难过，还哭了。”玲妈低声说。

“雅玲为什么哭了？”关阿宅紧张地问。

“刚才在房间，她看到吴守正和其他女生的亲密合照。”玲妈说。

“又是吴守正！”关阿宅握着拳头，恨得牙痒痒。

“唉，有一件事，我不知道该不该跟你说。”玲妈道。

“什么事？”关阿宅问。

“跟吴守正有关的，你听了应该会很难过……算了，我还是别说了。”玲妈道。

“说吧，没关系。”关阿宅道。

“真的没关系？”玲妈问。

“没关系，我已经做好心理准备了，请说吧。”关阿宅深呼吸一口，准备好接受任何打击。

“其实昨天雅玲在微博上 PO 你和她的合照，目的是为了刺激吴守正。”玲妈说。

“你说的……是真的吗？”关阿宅沮丧地问，“你的意思是，雅玲不是真的想跟我合照，而是想利用我刺激吴守正？”

“虽然有些残酷，但我必须告诉你，是的！雅玲跟你合照，目的是想刺激吴守正。”玲妈说，“结果吴守正没有任何反应，没有留言，没有来电，没有短信，今天还跟车马妹在一起。”

“没关系！”关阿宅强忍心中的难过，豁达地说，“现在这个阶段，我当不了她的情人，那就暂时当她的贵人吧！她想怎样，我都愿意配合，总有一天，她会想起我对她的好！”

“我女儿这样对你，连我都觉得她很过分，你还不打算放弃她吗？”玲妈问。

“既然喜欢她，为什么要放弃她？”关阿宅说，“这让我想起，我昨天晚上做的一个梦。”

“什么梦？”玲妈问。

“昨天晚上，我梦见雅玲死了，她向我报梦说她在阴间很寂寞，要求我烧炭自杀，过去陪她。”关阿宅道，“当时我一口就答应了她，没有犹疑半秒钟。”

“太伟大了！没想到你爱我的女儿，已经爱到这种程度，甚至连命都可以不要！”玲妈感动地擦着情不自禁流出的眼泪，“你真的很像那些粘鼠板上的老鼠。”

“什么意思？”关阿宅不明白。

“怎么赶都赶不走！”玲妈道。

“好说！好说！”关阿宅露出圣人般的笑容。

“唉，可惜啊。”玲妈耸耸肩。

“可惜什么？”关阿宅问。

“你不懂跟雅玲沟通，再喜欢也只是枉然。”玲妈道，“像你刚才跟雅玲聊天，说一堆什么太阳、地球，什么光线被月球挡住；容我不客气地问一句，你到底在说什么鸟？”

“我在说日食啊。”关阿宅道。

“世界上哪一个想谈恋爱的女人，爱听这种无聊的日食原理？”玲妈问，“男人和女人的脑袋构造不同，语言也不同，你要先搞懂她的语言，才有办法进入她的世界。”

“那……那她的语言是什么？”关阿宅问。

“雅玲喜欢与众不同。”玲妈道，“你以后不要再转发那些老笑话给我女儿了。”

“为什么？”关阿宅问，“雅玲不是很喜欢听笑话吗？”

“雅玲是很喜欢听笑话，但她不喜欢老哏，她觉得那是二手货，她最讨厌别人用老哏把妹，她喜欢男生用新哏逗她开心。”玲妈道。

“原来雅玲喜欢一手的东西。”关阿宅恍然大悟，“还有呢？”

“雅玲不喜欢一般的可乐，她喜欢喝市面上很难买到的Dr.Pepper。”玲妈说，“建议你自备两罐放在书包里，随身携带，在她需要的时候拿出来。”

“好的！”关阿宅追问，“还有呢？”

“雅玲不喜欢专业名词，你讲再多的名词，也不会让她觉得你很专业，只会让她认定你是一个无趣的家伙，反而减低交往的可能性。”玲妈说，“你要想办法把自己的语言，转化成她爱听的甜言蜜语。”

关阿宅陷入沉思。

“干吗愣住？”玲妈问。

“我在想怎样把日食、地球和太阳转化成甜言蜜语。”关阿宅说，“你这也太强人所难了吧？”

分针不知不觉跑了十圈，雅玲和宅爸结束某个话题后，雅玲站了起来，裹着大毛巾离开浴池。

关阿宅赶紧起身，裹着大毛巾追了上去：“雅玲！雅玲！”

“怎么了？”雅玲转头问。

“其实刚才我那段话还没讲完。”关阿宅说。

“哪一段话？”雅玲问。

“就是日食那一段，刚才我说一个地区要看一次日食，平均相隔一百多年。”关阿宅道。

“噢。”一听到专业的名词，无趣的领域，雅玲脸上不禁露出“饶了我吧”的表情。

“我还没说的是，我上辈子肯定做了一百多年的好事，所以这辈子才会遇到你这么漂亮的女生！”关阿宅说。

“人哪有可能活一百多年？”雅玲问。

“呃……我上辈子是乌龟！”关阿宅说。

“哈哈！这个好笑！”雅玲扬起久违的嘴角。

“嘻嘻嘻，过几天我们一起去看日食好不好？”趁雅玲心情转好，关阿宅乘胜追击。

“再看看吧。”雅玲道，“很冷耶，我先去换衣服了。”

雅玲快步走进女生专用的淋浴间，留下一脸茫然的关阿宅。

玲妈裹着大毛巾走了过来，拍了拍关阿宅的肩膀：“不错嘛！会转成她喜欢的语言，有进步！”

“谢谢。”关阿宅惆怅地说，“但她还是没答应啊……”

“至少雅玲没有不理你，可别忘了，她之前对你的态度是‘已读不回’。”玲妈说。

“她这种回答，跟‘已读不回’又有什么分别？”关阿宅沮丧地说。

“相信我，以我对雅玲的了解，你和她的距离已经比以前拉近很多了。”玲妈嘴甜地说。

“谢谢你！我觉得我的人生又充满动力了！”关阿宅说。

“以前的距离是地球和太阳之间那么远，现在的距离是月球和太阳之间那么远。”玲妈说。

“你一定要在我最兴奋的时候泼我冷水吗？”关阿宅没好气地问。

“我只是把甜言蜜语转化成你听得懂的语言。”玲妈说。

●●. 17

MY GEEKY NERDY BUDDIES

夜店
“捡尸 Online”软件

第二天晚上夜宵时间，我、关阿宅、高高迪、小硬、大朋和川美在宿舍寝室围着桌子吃“脸盆泡面”；关阿宅昨天晚上在阿里山跟校花雅玲一起泡温泉的英雄事迹，理所当然地成了大家关注的焦点。

“怎样？泡完温泉之后怎样？破处了吗？”高高迪把头靠向关阿宅，紧张地问。

“畜生，你有戴套子吧？”小硬不友善地瞪着关阿宅，宛如在审问性侵犯。

“泡完温泉之后就去洗身体啊，戴套子干吗啦？”关阿宅没好气地反问小硬，“奇怪，你洗澡的时候会戴套子吗？想必阁下的小鸡鸡已经积满了污垢。”

“所以，昨天晚上你和雅玲没有做那件事吗？”我问。

“没有，我们四个人后来一起看星星，吃夜宵和聊天。”关阿宅说。

“暴殄天物！”大朋说。

“浪费食物！”小硬道。

“白痴哦！泡完温泉不上？那泡温泉干吗？”高高迪骂归骂，原本紧绷的身体瞬间放松了，仿佛突然听到喜事一般。

“你的表情很奇怪。”关阿宅对高高迪说。

“哪里奇怪？”高高迪问。

“有一种幸灾乐祸的成分。”关阿宅说，“你是真的关心我昨天晚上有没有告别处男，还是担心我比你早一步破处？”

“去你爸的蛋！老子玉树临风，走在路上眨个眼就可以迷倒众妹，需要担心你早一步破处？”高高迪大言不惭地说。

“迷倒众妹？我看是吓跑众妹吧？”大朋说。

“少瞧不起人，总之这个房间最早破处的一定是老子！”高高迪说，“不然我们来打赌看看，这里六个人，每人拿一千块出来，赢的人可以拿走全部。”

“要打赌什么？”我问。

“很简单！现在每人拿一千块出来交给老子，看谁最先告别处男，就可以赚走这六千块！”高高迪说。

“太不公平了吧！”川美噘起嘴巴，“我又不是男生，就算我做了那件事，也没有告别处男啊，为什么要给钱？”

“扑哧！”大朋忍不住笑出来。

“笑屁哦？”高高迪问。

“没什么，我笑我赢定了！”大朋自信地回答，不轨的眼神偷偷瞄了川美一眼。

“这个打赌我输定的，我不玩。”关阿宅拒绝。

“干吗这么没自信呢？你看起来赢面最大啊！”大朋为了留住关阿宅的一千块，不惜睁眼说瞎话。

“现在的我，只不过是雅玲的利用对象而已。”关阿宅说，“告别处男？以我和她现在的距离，大概要等五十年后。”

“什么利用？不要把我们女生说得那么坏！”川美说，“谁利用你了？她利用你什么了？”

“雅玲前天总是找机会让我跟她合照，原来是为了刺激吴守正。”关阿宅沮丧地说。

“真的假的？这种事不能乱说哦！”大朋道。

“这件事是她妈妈昨天亲口告诉我的。”关阿宅说。

“唉，这证明了秦始皇曾经说过的一个真理。”小硬说。

“什么真理？”我问。

“秦始皇说过，如果有一个正妹无缘无故找你合照，还上传到微博，往往是为了刺激她最在意的那个人。”小硬道。

“原来秦始皇那个时代就已经有微博了？”高高迪惊讶地问。

“秦始皇未免也太不会做人了，竟然把这么敏感的两性话题直接贴在微博，都不怕引起妇女团体抗议吗？”大朋说。

“这么笨的皇帝，难怪撑不到十五年就被刘邦灭了！”川美说。

“哔哔哔！”无巧不成书，就在我们静下来专心吃面的空当，众人的手机同时响起让人兴奋的音效。

“怎么？你也装了‘捡尸 Online’对不对？”大朋一边从裤袋掏

出手机，一边问小硬。

“废话！不装‘捡尸 Online’，还算是男人吗？”小硬道。

“什么是‘捡尸 Online’？”关阿宅问。

“是老子最近发明的一个软件啦。”高高迪说，“这个软件直接连线到信义区各大夜店门外的监视录影器，可以看到谁刚进去，谁刚出来，现场直播无时差啦！”

“还可以边看边发文。”大朋道。

“最棒的是，很多使用者都会一边看一边发文，向大家报告刚才进去夜店的是什么货色。”小硬道，“只要某篇文章超过五百个人按赞，这个软件就会发出音效通知所有使用者。”

“听你这么一说，我猜刚才应该是有个超级大美女进了夜店，有人发文通知大家，结果引来几百人按赞？”关阿宅问。

“当然！”高高迪说，“平时一篇文章顶多只有二十几个人按赞，能让五百个人都按赞的，肯定不是普通的妹！”

“是……是……是我们的校花雅玲！”小硬大叫。

“什么？雅玲？”关阿宅大吃一惊。

“对！是雅玲！还有我们学校的宅男女神阿梅！她们两个结伴进了夜店！”大朋边看文章边说。

“网友说雅玲一脸难过，看起来心情很不好。”高高迪指着手机屏幕说。

“吴守正和其他女生搞暧昧，雅玲的心情当然不好。”关阿宅说。

“网友又分析，根据这两个女生的憔悴程度，她们今天晚上一定会喝醉！很多人按赞之后，都推文说要出去‘捡尸’！”高高迪一边按赞，一边站了起来。

说时迟那时快，门外出现一阵跑步声。

“快！”小硬赶紧站起来，“外面已经有人冲了！我们再慢吞吞的话，就来不及了！”

大宅们纷纷站了起来，只有大朋和川美的屁股依然黏在椅子上，狼吞虎咽地吃着泡面。

“大朋，你不去信义区‘捡尸’吗？”高高迪问。

“你们去吧，我想留下来陪川美。”大朋说。

“你们走了正好，剩下的泡面我们全要了，留着明天当早餐！”川美说。

我、关阿宅、高高迪和小硬在宿舍走廊全力奔跑。

“我说，高高迪，你就别跟我们抢了吧！”小硬说，“你过几天就可以跟霏霏交往了，不是吗？”

“我不是为了自己爽！我是为了先练习做那件事的过程，好让霏霏以后可以拥有愉快的床上回忆！”高高迪说。

“你少来！骗谁啊？”众人大叫。

“Stoneman，你不是写小说的吗？怎么也跑去‘捡尸’？”小硬问我。

“我是为了观摩大家在夜店门外‘捡尸’的盛况，增加小说的题材和深度！”我说。

“你少来！骗谁啊？”众人大叫。

“关阿宅，雅玲不是你的女神吗？你怎么也跑去‘捡尸’？”小硬问。

“我不是去‘捡尸’，我是去救雅玲！”关阿宅说。

“你少来！骗谁啊？”众人大叫，“最扯的就是你！”

●●. 18

MY GEEKY NERDY BUDDIES

大宅们“捡尸”记

夜深的信义区，冷风飕飕，兵凶战危。

马路旁，汽车里，屋顶上，灯柱下，小巷子，停车场，到处埋伏着等待“尸体”的“捡骨师”。

我、关阿宅、高高迪、小硬和后来赶到的大朋站在 ATT 旁边的天桥上，居高临下地感受着争夺前的诡谲气氛。

“‘捡骨师’真多。”我边数边说，“肉眼所见就已经三十几个，肉眼看不到的恐怕是好几倍。”

“你怎么知道你数的是路人还是‘捡骨师’？”关阿宅问我。

“我是根据他们的表情，如果表情不够淫贱，我就当他是路人，不会算进去。”我道。

“原来是看表情够不够淫贱？那你要不要考虑一下把高高迪也算进去？”小硬问我。

“放心，我没有忘记你们。”我说，“你们四个，我都已经算进去了。”

“附近埋伏了那么多‘捡骨师’，我们真的有机会吗？”大朋忧心地问。

“别想了，除非我们是秃鹰，有翅膀。”高高迪说，“我们人在天桥，冲下去起码要五秒，绝对来不及！”

说时迟那时快，就在高高迪说完这段话之后，三个酒醉女子从ATT门口踉跄步出，纷纷不支倒地，满脸都是呕吐物。

此时，数十名“捡骨师”从四面八方快步奔向这三名“活尸”，准备把她们带回家“超度”，路边休旅车的车门突然打开，三名壮汉从车里冲到“尸体”旁边，一人捡一个，连爬带跑手脚利落，不消两秒钟便把她们扛进车里，休旅车瞬间开走。

“靠！秒抢耶！”小硬大叫。

“出手也太快了吧！”我道。

“我还在犹豫要不要下去，‘尸体’就已经没了！”大朋说。

“看到她们脸上的呕吐物，老子就反胃了！”高高迪酸溜溜地说，“这种酸臭的‘尸’，不捡也罢！”

“林书豪说过，捡不到的‘尸体’是酸的！”小硬道。

“酸什么酸？不是老子爱说，能够从夜店走出来的，通常都是劣货！”高高迪道。

“劣货和好货要怎么分？”大朋问。

“劣货呢，通常就是喝到全醉，在夜店里没有人要捡，才会走出来让你们这些不想花钱买票的鲁蛇去抢。”高高迪说，“像刚才那种身上有呕吐物的，有尸臭味的，就是劣货！”

“那好货呢？”我问。

“好货呢，通常就是喝到七分醉，脑袋虽然迷迷糊糊，但还有一点意识。”高高迪说，“好货通常在夜店里就会被捡走，轮不到你们这些‘人生失败组’啦！”

“看你经验蛮丰富的嘛，捡几次了？”大朋问。

“三次了，每次都没捡到，唉。”高高迪深深地叹了一口气，忽然发现自己讲错话，恼羞成怒地说，“切你爸的蛋！什么捡几次？老子今天是第一次来！”

“原来好货不会出现在夜店外？”小硬喃喃自语。

关阿宅不经意地瞄了小硬一眼，发现他的表情有点诡异。

“你们先等吧，我去便利商店买个烟。”小硬语毕，转身离开我们。

“我去上个洗手间。”十秒钟后，关阿宅也离开了我们。

关阿宅暗中跟踪小硬，发现小硬鬼鬼祟祟地溜进巷子，并打开了一个隐密的后门。

小硬开门后，快步走进楼梯间，关阿宅立刻冲上前把他拦住。

“不准动！”关阿宅命令小硬。

“干吗？你跟踪我？”小硬问。

“你不是说要去买烟吗？怎么跑来这里？有什么企图？”关阿宅问。

“你刚才没有听到高高迪说的话吗？好货通常不会出现在夜店外，在夜店里早就被捡走了，所以我要上去‘劫尸’！”小硬道。

“‘劫尸’？”关阿宅问。

“对！与其在夜店外面干瞪眼，倒不如偷偷进去劫尸！”小硬道。

“你以为我会让你得逞吗？”关阿宅大义凛然地说，“就算我拼了这条老命，也要阻止你捡走我的雅玲！”

“谁说我要捡雅玲了？我要捡的是阿梅！”小硬道。

“阿梅？”关阿宅问。

“你为什么要阻止我呢？我捡我的阿梅，你捡你的雅玲，根本不冲突好吗？”小硬道。

“我再强调一次，我不是来捡雅玲的，我是来救雅玲的。”关阿宅说。

“别演了啦，再演就不像了。”小硬说。

“我是真的！”关阿宅说。

“我才是真的为了救阿梅才赶来信义区！”小硬道。

“少骗我！”关阿宅嗤之以鼻，“你哪是真的？”

“凭什么你说救雅玲就是真的，我说救阿梅就是假的？就因为我长得不帅吗？”小硬反问。

“我不是这个意思……好吧，帅哥，我暂时相信你！”关阿宅口是心非地说。

“走吧！一起上去！”小硬道。

关阿宅和小硬爬楼梯抵达九楼后，才发现夜店守备森严，每个入口不是有人看守，就是大门深锁，使二人不得其门而入。

关阿宅和小硬摸摸鼻子，无奈地躲在电梯附近的暗角处等候“活尸”。

“格老子的！辛辛苦苦爬上来，几乎要了我的老命，结果进不去！”小硬气得牙痒痒。

“要是那么容易溜进去，下面那群饥渴的‘捡骨师’早就冲上来了！你以为世界上只有你想到爬楼梯这一招吗？”关阿宅边说边打开手机，屏幕的光照亮了二人的脸。

“打开手机干吗？”小硬问。

“等待很无聊，玩游戏消磨时间。”关阿宅说。

“都什么时候了，还玩游戏？”小硬没好气地说，“顾好你手机的光，别害我们被发现了！”

关阿宅突然想到，万一待会雅玲已经烂醉如泥，还真的不知道该把她抱到哪里，于是打开微博，传了一个信息问玲妈：“你家在哪？”

玲妈回：“你要干吗？”

关阿宅回：“你女儿在信义区的夜店，可能会喝醉，万一她真的喝醉了，我把她扛回家。”

玲妈回：“我家住永和，很远，你送来南港吧。”

关阿宅回：“南港？”

玲妈回：“对啊，我人在南港上大夜班，还有一个小时就下班了，到时候我载她回家。”

关阿宅回：“一个小时太久了，雅玲随时会走出来耶……”

玲妈回：“那你就随便找个安全的地方放我女儿，我一下班就赶过去接她。”

关阿宅问身旁的小硬："待会坐计程车好不好？把她们送到南港。"

小硬竖起拇指："你内行的！"

"我……我内行？"关阿宅不懂。

"最近警方抓'捡尸'抓得很凶，还会专程跑到夜店附近的旅馆，抓那种带酒醉女子开房间的男人。南港区夜店比较少，遇到警察的机会就比较低。"小硬佩服地说，"阿宅，你居然知道'捡尸'之后要远离信义区，果然是有备而来！"

"我才不是因为躲警察才建议去南港的好吗？"关阿宅不爽地说。

就在关阿宅被小硬越描越黑之际，两个中年男人扛着两个半醉的女生离开了夜店，来到电梯口。

关阿宅和小硬定睛一看，发现那两个半醉的女生正是雅玲和阿梅！

"你有没有看到那个西装男？"小硬咬牙切齿地问关阿宅。

"有！他扛走了你的阿梅！"关阿宅握着拳头，激动地说，"你有没有看到那个肌肉男？"

"有！他扛走了你的雅玲！"小硬说。

"没有人可以伤害我的女神！就算我拼了这条老命，也要阻止他带雅玲去开房间！"关阿宅在愤怒中站了起来，冲向电梯口。

"喂！别冲动！"小硬欲拉住关阿宅，但已经拉不住了。

"禽兽！"关阿宅走到肌肉男面前，一拳往他的脸颊狠狠打下去。

●●. 19

MY GEEKY NERDY BUDDIES

天生我宅
必有用

关阿宅对肌肉男拳打脚踢，因为力度不够，没有把肌肉男撂倒，反倒是肌肉男举起手掌，轻轻往关阿宅脸上一掴，便让关阿宅跌在地上，一头撞到了坚硬的地板。

“废物！”肌肉男嘲讽地上的关阿宅，“凭你这种弱鸡，还敢‘劫尸’？滚回去练个十年再来吧！”

“不要侮辱我朋友！”小硬从暗角冲出，往肌肉男的脖子挥出一拳。

“哇啊！”肌肉男痛得往后倒退两步。

“你……”西装男指着小硬，吓得说不出话。

“你什么你？把阿梅放下！”小硬一拳打向西装男的嘴巴，门牙随着惨叫声掉落。

“死胖子，你惹错人了！”肌肉男放下雅玲，卷起衣袖。

“我要你为我的门牙付出代价！”西装男擦掉脸上的鲜血，并放下阿梅。

肌肉男和西装男合力围殴小硬，小硬以一敌二，右边跟肌肉男拳来脚往，左手上下格挡西装男的攻击。

“阿宅，快抱雅玲离开！”小硬向地板上有点昏厥的关阿宅呐喊。

关阿宅揉了揉后脑勺，勉强站了起来：“那阿梅怎么办？”

小硬说：“阿梅我自己来，你快点！我撑不住了！”

关阿宅抱紧雅玲，迅速冲向后楼梯，肌肉男弯身躲开小硬的拳头，欲从下方追向关阿宅，下巴却被小硬的膝盖狠狠一撞，呜的一声，肌肉男瞬间倒下。

西装男抓住小硬的耳朵，前后拉扯，小硬瞪大双眼，左脚往西装男的下体用力一踢，西装男痛得倒在地上打滚。

趁二人来不及站起的空当，小硬立刻扶起瘫软在地上的阿梅，冲向后楼梯。

关阿宅和小硬扛着两具“女尸”，连滚带爬地往一楼奔去，关阿宅边跑边咒骂：“可恶！”

“可恶什么？”小硬问。

“刚才风头都被你抢光了！”关阿宅咬牙切齿。

“你自己长得不壮，怪我啰？”小硬没好气。

“Stoneman，我恨你！”关阿宅大叫。

“干吗骂人？关 Stoneman 什么事？”小硬问。

“我是主角耶！”关阿宅生气地说，“他不安排我当英雄也就罢了，还让我被打倒在地上，这什么主角啊？也太逊了吧！”

“像你这种整天对着电脑的宅男，平时又不学功夫，被打倒很合理啊！”小硬道。

“合理？”关阿宅不爽地问。

“阿宅，我必须告诉你一个残酷的事实。”小硬道。

“什么事实？”关阿宅问。

“英雄，不是你这种弱鸡当的。”小硬道，“这个世界只有帅哥可以当男主角，同样道理，这个世界只有像我这么壮的男人，才可以当英雄！”

“你是肥，不是壮！”关阿宅吐槽道。

“你们两个别走！”后方传来肌肉男和西装男的叫声。

关阿宅和小硬回头一看，瞧见肌肉男和西装男已经来到楼梯上方，他们一个捂住下巴，一个捂住蛋蛋，怒气冲冲地朝二宅冲来。

“他们追来了，快逃啊！”小硬加快脚步。

“都怪你！不好好逃跑，聊什么天！”关阿宅抱怨道。

“怪我啰？是你先骂人的吧！我本来很认真地在跑啊！”小硬道。

“怎么办？”关阿宅畏惧地问，“他们跑这么快，一定会追到我们……”

“我刚才打断了他们其中一个人的门牙，又弄伤了另外一个人的下巴，更糟糕的是，我们还捡走了他们的‘尸体’！”小硬说。

“万一被他们两个抓到会怎样？”关阿宅问。

“我们会看不到明天的太阳！”小硬道。

“唉，到了这个生死关头，只好牺牲我的珍藏了……”关阿宅心不甘情不愿地从包包里拿出一袋宝珠。

“什么东西啊？”小硬问。

“这是实体宝珠。”关阿宅说，“前阵子我去电玩展跟其他玩家切磋转珠游戏，每打败五个玩家就送一颗。”

“哇靠！我看你的袋子起码超过一百颗，你是赢了多少个玩家啊？”小硬问。

说时迟那时快，肌肉男和西装男越追越近，只剩约四步之遥，关阿宅赶紧把袋中上百颗转珠全数撒到地上！

“哇啊！”后面那两个贱男来不及刹车，被宝珠弄倒在地上，惨叫中混杂着骨折的声音。

关阿宅停下脚步，欲捡回转珠，被小硬拉住：“还捡什么？快逃啊！”

关阿宅和小硬发挥人类最大的潜能，扛着两具“活尸”全速往下冲，总算在两分钟内抵达地面。

二宅在路边等着计程车时，小硬一边喘气，一边向关阿宅竖起拇指：“没想到你平时沉迷的网络游戏，在关键时刻救了我们一命！”

关阿宅一脸骄傲：“好说好说，这叫天生我宅必有用！”

此时，躺在关阿宅背后的雅玲突然说起醉话：“吴守正，为什么我打电话给你，你却不赶来夜店？你到底爱不爱我？”

关阿宅说：“没关系，吴守正不爱你，我爱你！”

小硬吐槽：“白痴哦！你这种说话方式，女生才不会任你予取予求！”

关阿宅问：“不然要怎样说，才能让她任我予取予求？”

此时，轮到躺在小硬背后的阿梅说醉话："高富帅，你为什么要劈腿？你到底爱不爱我？"

小硬说："爱！我当然爱你！我心里只有你一个！等一下我会在床上很温柔地照顾你，让你知道我有多爱你！"

"你来信义区真的是为了救人吗？"关阿宅质问小硬。

"你来信义区为了什么，我来信义区就为了什么！"小硬挺着胸膛说。

关阿宅和小硬拦下一部计程车，请司机开往南港。

车子抵达南港后，二人扛着两具"女尸"快步走进一条偏僻的后巷，并在一个招牌破旧的宾馆门前停下脚步。

"阿宅，你先进去！"距离"超度"只剩最后三分钟，而且还是"超度"女神，原本应该兴奋的小硬却一脸畏缩。

"不一起进去吗？"关阿宅问。

"我怕有警察……呃不！一场朋友，我是想让你早一点破处啦！"小硬一副舍己为人的口吻。

"我没有打算今天破处！"关阿宅说。

"这里只有我们两个是清醒的，你就别装了！"小硬道，"今天所有赶来信义区的男生当中，只有我是为了救人，你们通通不是！"

"做贼不可耻，可耻的是一边做贼，一边说其他人是贼！"关阿宅道。

"废话真多，赶快给我进去！我的肩膀快酸死了！"小硬大叫。

关阿宅扛着雅玲走进宾馆，跟老板交谈几句后，顺利地开了一个位于三楼的房间，转身往楼梯方向走去。

躲在外面的小硬瞄到关阿宅开房间的过程几乎没被刁难，喜不自胜，立刻把阿梅扛进旅馆。

“你干什么？”宾馆老板问。

“我要开房间！”小硬镇定地说。

“我问你在干什么？”宾馆老板大声吆喝，“放开那个女孩！”

“你做人公平一点！”小硬指着远处正在爬楼梯的阿宅，质问宾馆老板，“你为什么开房间给他，不开房间给我？”

“因为她是我的女儿！”宾馆老板指着小硬肩膀上的阿梅，愤怒地说。

“阿……阿梅是你女儿？”小硬大吃一惊。

“你这个畜生！竟然在我面前扛我的女儿，还想开房间？”宾馆老板怒不可遏地瞪着小硬。

“真衰！别人‘捡尸’都可以爽，我‘捡尸’却遇到‘死者家属’，干！”小硬不爽地说。

“我要报警！”宾馆老板从口袋里掏出手机。

“等一下！你误会了！我是为了救你的女儿啊！”小硬大呼冤枉，伸手阻止宾馆老板。

关阿宅把雅玲扛到三楼的房间后，立刻联络玲妈，告诉她宾馆的地址和房间号码。

躺在床上的雅玲突然大转身，拳头不小心打中关阿宅的下体。

“哎哟喂呀！”关阿宅痛得大叫。

“我有什么不好？”雅玲迷迷糊糊地说着醉话。

“你很好啊。”关阿宅搭腔。

“我真的很好吗？那为什么你要跟车马妹搞暧昧？”雅玲问。

“我没有。”虽然代替别人回答问题很可耻，关阿宅说的却是事实，“我根本不认识车马妹，怎么搞暧昧？”

“有一次我们吵架，你问我为什么坚持要去永和豆浆大王吃早餐。”雅玲说。

“对啊，你为什么坚持？”关阿宅模仿吴守正的语气问。

“因为我已经习惯那家店的味道，每天喝一杯温热的豆浆，就会觉得能活在这个世界很幸福，一整天都充满动力。”雅玲说，“可是你不喜欢，你嫌去那种地方降低你的格调。”

“我真该死！我不应该活在这个世界上！”关阿宅入戏太深，一边扮演吴守正，一边谴责自己。

“你说你习惯每天早餐吃五星级酒店的高级牛排。”雅玲说。

“无耻到了极点！”关阿宅怒了，“我凭什么每天吃高级牛排？投对胎就了不起吗？”

“你说我们的生活习惯差那么远，可能没办法永远在一起。”雅玲道。

“没关系啦，像我这种烂人，你就早点离开我吧！”关阿宅说，“你可以考虑一下关阿宅，我觉得你跟他比较配。”

“守正，虽然我早餐最爱吃油条和豆浆，但我可以为了你，改吃牛排和红酒。”雅玲说。

“你为什么要为了那种老是拈花惹草的纨绔子弟，改变自己的习性呢？”关阿宅气愤地问，“你就是你！温热的豆浆是你每天的幸福，如果你改喝冰冷的红酒，你还会觉得幸福吗？你就不再是你了！”

雅玲眉头一皱，似乎发现了回话的人并不是吴守正，缓缓地把眼皮睁开。

“这是哪里？”雅玲睡眼惺忪地环顾四周，然后狠狠地瞪着关阿宅，“我为什么会在这里？你为什么会跟我在一起？”

“我……我在夜店看到你喝醉了，就……就把你带来宾馆。”关阿宅紧张得脑袋无法思考，用最精简的两句话说明了前因后果，却忘了说重点。

“所以，你捡我‘尸’是吗？”雅玲用一种恍然大悟的语气说。

惨了惨了，这次跳进黄河也洗不清了！

●●. 20

MY GEEKY NERDY BUDDIES

美女生气时，宅男做什么都是错

“你误会了！我没有捡你‘尸’，我是在夜店把你救出来的！”关阿宅赶紧澄清。

“救我出来？你不觉得这种谎话很没有说服力吗？”雅玲问。

“这不是谎话，是事实。”关阿宅说。

“连三岁小孩都不会相信！”雅玲说。

“没关系，你已经十八岁，有思考能力了，可以相信。”关阿宅说。

雅玲迅速爬起，用棉被裹住自己的身体。

“我要报警！”雅玲大叫。

“你……你确定要吗？”关阿宅一脸吃惊，却情不自禁地露出一丝兴奋的神色。

“对！我要报警！”雅玲坚持。

“好吧……”关阿宅张开双手，把雅玲抱进怀里。

“你干吗啦？”雅玲气得把关阿宅推开。

“你不是说要抱紧吗？”关阿宅问。

“不是那个抱紧！我是说我要报警！ Call the police！”雅玲说。

“哦，好吧。”关阿宅把手机递给她。

“谢谢。”雅玲拨号到一半，发现不太对，皱着眉头问，“你是白痴吗？我要报警抓你，你还给我手机？”

“我是清白的，根本没有侵犯过你，所以我不怕。”关阿宅说。

“你真的没有侵犯过我？”雅玲停止了拨号的动作，但表情依旧充满怀疑。

“没有！”关阿宅斩钉截铁地说。

“我不相信。”雅玲道。

“你的衣服和裤子都还好好的，没有被脱掉，不相信的话你自己检查一下。”关阿宅说。

“我不想听你的狡辩，我刚才醉了，你说什么都可以。”雅玲说。

“我敢发誓……”关阿宅说。

“我不想听到你的声音。”雅玲道。

关阿宅抿着嘴唇，不再说话，向天花板举起三根手指。

“我不想看到你的脸。”雅玲说。

关阿宅转身。

“我不想跟你呼吸一样的空气。”雅玲说。

“你到底想我怎样啦？”关阿宅抓狂地问。

“消失！不然我真的报警啰！”雅玲激动地说。

关阿宅离开了房间，让雅玲一个人冷静。

踏着沉重的步伐下楼梯，关阿宅内心无法释怀。

那个让你朝思暮想的人，你对她送出再多的关心问候，她总是“已读不回”，你对她付出再多，她总是当成空气，醒来的第一件事不是想起过去你对她的好，而是怀疑你侵犯了她……或许是没有缘分，或许是八字不合，如果这段关系注定不会有结果，是不是该在这个时候设立停损点，放下执着的爱慕，狠下心来离开这场苦恋？

抵达宾馆大堂时，关阿宅摇摇头，否决了自己的负面思考。

“胜利是属于坚持到最后的人！”关阿宅一咬牙，心里呐喊着，“雅玲没有拒绝过我的追求，她也还没嫁人，在这之前——我绝对不会放弃！”

关阿宅离开宾馆时，在门口遇到下班赶来的玲妈。

“你怎么一个人跑出来？雅玲呢？”玲妈问。

“雅玲醒了，她现在很生气。”关阿宅答。

“她生气什么？”玲妈问。

“她怀疑我侵犯了她，不想看到我，所以我把她留在房间好好冷静。”关阿宅说。

“交给我吧，我来说服她你没做过。”玲妈拍了拍胸脯。

玲妈跟关阿宅道别后，一个人来到雅玲的房间。

雅玲坐在床上生闷气，右手用手机发短信。在玲妈进来之前，雅玲拨了两通电话给吴守正，但他都没接。

“妈，你怎么来了？”雅玲问。

“是阿宅告诉我你在这里的。”玲妈说。

“那个宅男居心不良！”雅玲一听到那个名字就生气。

“干吗这样说人家？”玲妈问。

“他为什么会去夜店把我扛来这里？他有什么意图？”雅玲说，“幸亏我突然醒来，不然早就被他性侵了！”

“如果他有心要侵犯你，刚才就不会浪费时间传短信通知我。”玲妈说。

“那我为什么会出现在这里？我才不相信他是好人！”雅玲说。

“阿宅真的不像坏人。”玲妈说。

“坏人不会在脸上刺上坏人两个字。”雅玲说。

“请相信我的直觉，我这辈子阅人无数，曾经在豪门每天面对人家的脸色，也曾经在夜市摆摊看尽人生百态。”玲妈说，“阿宅是好人坏人，我还看不出来吗？”

“这次你可能看走眼了。”雅玲说。

“好啦，我们不要为一个宅男吵架了。”玲妈说。

“对！他不值得我们为他吵！”雅玲说。

“我看你眼皮很重，今天不要回家了，睡这里吧。”玲妈说。

“睡这里好吗？那个宅男会不会半夜偷偷爬进来？”雅玲担忧地问。

“他不是这种人啦。”玲妈说，“他要是敢爬进来，我就把他剁掉，让他宅男变宅女！”

母女相视一笑，雅玲放下心里的石头，抱着玲妈入睡。

* * * * * * * * *

第二天早上，雅玲醒来后立刻检查手机，发现吴守正没有回复她的短信，一脸失落。

九点多，雅玲落寞地牵着玲妈的手离开宾馆时，发现关阿宅站在门外等候，手上还拿着一袋食物。

“你在这里干吗？”雅玲的警戒心油然而生。

“等你。”关阿宅答。

“我有叫你等我吗？”雅玲问。

“没有，可是……”关阿宅说。

“可是什么？我去夜店玩，关你什么事？我有叫你去夜店把我扛走吗？”雅玲问。

“没有，我是怕你被其他男生占便宜，所以才会赶过去。”关阿宅说，“我不想你被强暴，心灵受到伤害，因为那种伤害是会跟你一辈子的。”

“真是个好男人！”玲妈听得眼眶泛泪，“如果人生可以重来，我真希望我二十年前遇到像你这样的男人！”

“哼！”雅玲不以为然，警告关阿宅，“昨天晚上的事，你不要到处跟别人说，不然我跟你翻脸！”

“绝对不说！”关阿宅向天举起三根手指头。

“我不想看到你，请你离开。”雅玲下逐客令。

“我买了你的早餐。”关阿宅把手中的食物袋递给雅玲，“你收下，我马上离开。”

“我不要！”雅玲右手一挥，不小心把袋里的豆浆和油条打到地上。

“不好意思，雅玲今天心情不好。”玲妈向关阿宅说了声抱歉，弯下腰来捡撒落一地的早餐，却发现关阿宅的脚边有五个同样的食物袋。

“阿宅，你怎么一次买六份早餐？”玲妈问。

“不是，我坐计程车，来回跑了永和六次。”关阿宅说。

“干吗跑六次？”玲妈问。

“雅玲说她每天都要喝那家店的热豆浆，然后一整天都会充满动力，觉得能活在世界上很幸福，所以我就跑去买了。”关阿宅说，“我每次买回来以后，都会把豆浆放在外套里保暖，但今天天气真的太冷了，所以还是很快就冷掉。”

“所以你脚边这五袋都是冷掉的？”玲妈问。

“对啊，都冷掉了，只好重买。”关阿宅点点头。

“便利商店有微波炉，干吗来回跑六次？白痴吗？”雅玲用鼻子喷气。

“我也有想过跟便利商店借微波炉，但那种温暖是二手的，没意义！”关阿宅说。

“阿宅，别说了，听我的话，赶快走吧。”玲妈拍了拍关阿宅的肩膀，“雅玲在气头上，你现在做什么都是错的。”

“那我先走了。雅玲，豆浆要喝哦！”关阿宅说。

“别再说话了，滚就对了！”雅玲说。

关阿宅走远后，玲妈问雅玲：“你干吗对他那么凶？”

“怎么赶都赶不走，烦死了！”雅玲鼓起腮帮子。

“雅玲，你要记住。”玲妈说，“在你人生最低潮的时候，还愿意出手相救，怎么赶都赶不走的那一个，才是真爱！”

玲妈捡起地上的豆浆，用手掌扫了扫杯外的尘埃，然后把它交到雅玲手中。

●●. 21

MY GEEKY NERDY BUDDIES

这个世界男人分三种，
宅男是最可怜的一种

经过“捡尸”事件后，噢不，经过“夜店救人事件”后，不管小硬传什么信息给阿梅，阿梅一律“不读不回”；至于雅玲，她因为妈妈的话而对关阿宅稍稍改观，所以在她气消之后，每当关阿宅传信息给她，她不再是“已读不回”，而是“已读偶回”。

发誓要当“人生胜利组”的关阿宅，每次在雅玲偶尔回复时，已经尽量把握机会表现自己，延长对话的内容，增加彼此互动的时间。

然而遗憾的是，这本书的作者 Stoneman 说过：“基因决定命运”，阿宅之所以成为阿宅，必有其致命原因；除了样貌之外，没有把妹天分，不懂得逗对方开心，往往才是陷入“人生失败组”的主因。

“我真痛恨自己不是把妹高手，而是一个草食的宅男。”关阿宅拿着手机，躺在家中客厅的沙发上，毫不保留地把内心话传给雅玲。

“怎么说？”三分钟后，雅玲回他。

“我温柔寡断又被动，以前一直偷偷暗恋你，明明知道如果继续下去，你只会变成我的回忆，但我始终束手无策，想不到追求你的方法。”关阿宅掏心掏肺，毫不隐瞒。

“哈欠。”沙发后面传来一个欠揍的声音。

关阿宅转头一看，发现打哈欠的人是宅爸，而他正盯着关阿宅的手机屏幕。

“爸！”关阿宅生气地问，“你干吗偷看我和雅玲聊天啦？”

“如果你这样还追得到她，我立刻跟你姓！”宅爸指着手机屏幕说。

“你本来就跟我姓啊！”关阿宅没好气地说。

“除非她本来就喜欢你，不然像你这样示弱，就像在赌局中掀底牌给对方看，追得到才怪！”宅爸说。

“我这样不叫示弱，叫坦白，叫真情流露！”关阿宅说。

“真情流露个屁！男女之间的爱情就像战争，要保持暧昧才能打下去，坦白你就输了！”宅爸说。

“男女之间一定要这么复杂吗？”关阿宅不以为然，“我才不相信真情打动不了她！非得要搞暧昧吗？遮什么底牌？为什么要隐藏自己的感情？”

“不相信的话，你可以试试看。”宅爸说，“你手上不是有两张五星级大酒店的下午茶优惠券吗？如果你认为你的真情对雅玲有用，你现在就约她给我看看，我赌你九成失败！”

“谢谢你看得起我，竟然认为我有一成的成功机会。”关阿宅一点信心都没有。

“约不到的话，就带我去吃下午茶！”宅爸说。

“原来你在打我的下午茶优惠券的主意！”关阿宅说。

“反正你约不到她，为什么不能便宜我？”宅爸说。

“哼！我就约成功给你看！”关阿宅道。

“雅玲，谢谢你陪我聊天，我真的很重视你这个朋友！”在邀约之前，关阿宅先来一段感性对白。

“废话真多！”宅爸用鼻子喷气。

“呵。”一分钟后，雅玲终于回复关阿宅。

“能跟你掏心掏肺地聊天，我真心觉得很愉快，很幸福，真希望能够当面跟你聊。”关阿宅似约非约，隔靴搔痒，让旁人抓狂。

一分钟后，雅玲“已读不回”。

“我可以约你明天去五星级大酒店喝下午茶吗？我们坐下来慢慢聊。”绕了好几个圈子后，性格不干脆的关阿宅这才切入主题。

两分钟后，雅玲“已读不回”。

关阿宅沮丧地放下手机，连宅爸都看不下去：“你这样就放弃了吗？要不要再问一下？”

“雅玲，可以吗？”关阿宅硬着头皮打字，再问一次。

“明天要去电脑展当 Show girl，先去洗澡了。”三分钟后，雅玲终于回了关阿宅，字里行间却流露着希望结束对话。

“唉，还是约不到她去吃下午茶。”关阿宅叹了一口气，难过地说，“虽然在约之前，我已经猜到结果会是这样，可是就算有了心理准备，我现在还是很难过……”

宅爸拍了拍关阿宅的肩膀："认命吧！这个世界男人只分三种，你是属于最可怜的那一种。"

"这个世界分哪三种男人？"关阿宅问。

"有钱人，帅哥，宅男。"宅爸说，"当美女缺钱的时候，她们会找有钱人。当美女有钱的时候，她们会找帅哥。"

"那宅男呢？"关阿宅问。

"不管什么时候，她们都不会考虑宅男，也就是你！"宅爸说。

* * * * * * * * *

第二天下午，愿赌服输的关阿宅带宅爸来到五星级大酒店，享用高级悠闲气氛佳的下午茶。

宅爸无视邻桌其他穿着雍容华贵的宾客，偷偷脱掉鞋子和袜子让双脚纳凉；父子两人一边吃着小蛋糕一边聊转珠游戏，聊到某个段落停下来之际，不小心听到背后桌子两个女人的谈话。

"女儿，吴老先生得了血癌末期，剩半年寿命，我们的机会来了！"年老女人的声音。

"什么机会？"年轻女子的声音。

"我安排你尽快嫁入吴家，五年后，他们的家产就是我们的了！"年老女人的声音。

"妈，我们家里就已经有十亿了，为什么还要我委屈自己嫁进去？"年轻女子的声音。

宅爸一听到十亿这个关键字，原本眯成线状的眼睛瞬间瞪大五倍。

“阿宅，你要记住，将来如果你要交女朋友，最好交那种女人，让你少奋斗一百年！”宅爸偷偷指着背后的桌子，低声对关阿宅说。

“你怎么知道她们是好人还是坏人？”关阿宅问。

“你记不记得有个艺人曾经说过，帅哥不会是坏人。”宅爸道。

“哪个脑残说的？”关阿宅问。

“同样道理，有钱人也不会是坏人。”宅爸说。

“屁啦！那我们这么穷，所以我们是坏人啰？”关阿宅问。

“吴老先生的家产有一百多亿，我们家才十亿，你嫁进去，就可以挖一些过来。”年老女人的声音。

“怎么挖？我没有那种能力耶。”年轻女子的声音。

“我有，我会暗中当你的军师。”年老女人的声音。

“你有？”年轻女人的声音。

“别小看你妈，小时候我只是一个三级贫户的女儿，但凭着我高明的手腕，今天我已经坐拥十亿！”年老女人的声音。

“可是……”年轻女子的声音。

“女儿，你不用担心，我的经验非常丰富。”年老女人说，“十八岁那年，我在公园旁边摆路边摊卖小饰品，当时我看到附近有一家服装店门前有个空位，所以就跟老板商量，请老板让我在店里卖饰品，而老板也同意了。一年后，我就把那家服装店吞了！”

“妈，你果然很厉害。”年轻女子说。

“还有，二十岁那年，我把服装店收了，跑到你爸爸的公司当秘书。”年老女人说，“当时我让你爸爱上了我，但他有老婆，不过我没有把她放在眼里。半年后，我踢走了他老婆，让他们产生冲突离婚，之后我就名正言顺地嫁给你爸爸；三年后，我把你爸爸的十亿家产也吞了！”

关阿宅和宅爸互望一眼，二人额头冒着冷汗，吓得不断吞口水。

“阿宅，我收回刚才的话。”宅爸对关阿宅说。

“我也觉得你应该收回。”关阿宅说。

“阿宅，你要记住，将来如果你要交女朋友，还是要交这种有钱的，但你千万不能跟她上床！”宅爸偷偷指着背后的桌子，低声对关阿宅说。

“为什么？”关阿宅喝下两口咖啡。

“你没听到她说的话吗？她最擅长吞掉不属于她的东西。”宅爸说，“你要是跟她上床，小心她连你的器官也吞了！”

“扑哧！”关阿宅忍不住笑了出来，不小心被咖啡呛到，把咖啡喷得到处都是。

关阿宅连咳好几下，他的咳嗽声惊动了后桌的年轻女子。

年轻女子站起，走到关阿宅前面，兴奋大叫：“阿宅！果然是你！”

“霏霏？”关阿宅一脸愕然，“难怪我刚才觉得声音有点耳熟，但又想不起来是谁，原来是你！”

“你没良心啦！你才咳几声，我就认出是你了！”霏霏噘着嘴巴说。

除了雅玲之外，其他没放在心上的女生，关阿宅不会浪费脑袋去记忆。

“你怎么会在这里？”霏霏问。

“陪老爸喝下午茶，你呢？”关阿宅答。

“我陪我妈来。”霏霏向关阿宅抛了个暧昧的眼神，“你们要不要过来我们这边一起吃？我们是VIP，今天点了松露、鲍鱼、龙虾和鱼子酱。”

关阿宅正想开口拒绝霏霏，宅爸却从椅子上弹起：“好啊！一起吃吧！”

霏霏回到自己的座位，宅爸迅速穿上袜子和鞋子，然后硬拉关阿宅一起转桌。

“转桌一小步，可是关系到进入豪门的一大步！”宅爸欺身靠向关阿宅耳边，兴奋地说。

“恭喜你啊！人生等了几十年，终于等到进豪门的机会了！”关阿宅边说边翻白眼。

“我看那个女生很哈你，你待会可要好好把握机会哦！”宅爸叮咛道。

关阿宅父子二人边说悄悄话边走到霏霏的桌子前，跟霏霏母女打招呼后，便在旁边两张空椅子上坐了下来。

霏妈瞄了一眼关阿宅和宅爸身上寒酸的衣服，扬起高傲的嘴角问霏霏：“这两个是谁？”

霏霏回霏妈：“前几天我跟你提过，我喜欢上一个男生，就是他。”

“哦。”霏妈花了两秒钟消化女儿的话，接着下了一个结论，“你的小狼狗。”

“你讲话客气一点！什么小狼狗？”关阿宅生气地问。

“请不要误会，我不是瞧不起你。”霏妈对关阿宅说，“但我对女儿已经有规划了，我有熟人在吴家，我会安排霏霏嫁给吴守正。不过，我不反对你们交往，你可以当霏霏的小狼狗，我不会反对。”

“你哪位啊？还不反对咧！我是不是要跪下来谢谢你的慷慨啊？我什么时候说过要当她的小狼狗了？”关阿宅激动地问。

“不要就拉倒！说一句难听的，你的存在只会拖累我的计划，对我一点好处都没有！”霏妈道。

“吴家虽然很有钱，但吴守正上面还有一个哥哥，你凭什么认为把女儿嫁进去就能拿到他们的家产？”关阿宅说。

“奇怪，你好像知道很多事情，你刚才是不是偷听我们母女讲话？”霏妈问。

“你们刚才讲话那么大声，我想听不到都不行！”关阿宅说，“更何况吴守正是我的同班同学，我当然知道他有哥哥。”

“但你不知道他哥哥是同性恋吧？”霏妈问。

“他哥哥是同性恋？”关阿宅惊讶地问。

“对，吴守正的哥哥叫吴攻正，是个同性恋。”霏妈道。

“一个叫吴攻正，一个叫吴受正，吴老先生是不是某种漫画看太多？”霏霏问。

“是吴攻正和吴守正！”霏妈说，“我收到风声，吴老先生今天早上吃早餐的时候对两个儿子说，谁如果能在他死之前成家，谁就可以分到九成遗产和物业。”

“九……九成遗产？”关阿宅张大了嘴巴。

“那起码九十亿耶！难怪你要把女儿嫁进去！”宅爸说。

“据我的卧底回报，吴攻正还是没有娶女生的意愿，但吴守正很理智，急着想结婚。”霏妈说。

“不知道吴攻正喜不喜欢我的屁股呢？”宅爸又发现一个进入豪门的捷径。

“我就不拐弯抹角了，我不反对霏霏在外面有自己的玩具，男人可以金屋藏娇，女人当然也可以金屋藏蕉，香蕉的蕉！”霏妈对关阿宅说，“既然你是我女儿的心头好，我不反对她养你当小狼狗，不会亏待你，将来至少分你一幢豪宅！”

“还不赶快答应？”宅爸靠向关阿宅的耳边，低声催促道，“这种天上掉下来的机会，一辈子可能只有一次啊！”

“对不起，我不会当你女儿的小狼狗。”关阿宅说。

“这么有骨气？”霏妈问。

“我心里已经有喜欢的女生，而那个女生，不是霏霏。”关阿宅说。

“那个女生是谁？”霏霏伤心地问，眼睛因为受到刺激而泛泪。

“雅玲啦。”宅爸生气地说，“阿宅，人家根本就不喜欢你，你就别妄想了好吗？有更好的人生在等着你啊！”

“雅玲一天还没结婚，我都还有一天机会！”关阿宅坚持自己的信念。

说时迟那时快，就在关阿宅天真地认为自己还有希望之际，他的手机传来聊天软件的通知铃声。

关阿宅打开手机一看，是玲妈传来的信息："阿宅！大事不好！吴守正准备向雅玲求婚！"

关阿宅回玲妈："你怎么知道？"

玲妈回关阿宅："刚才吴守正拿着鲜花来我们家，想跟雅玲求婚，我说她在电脑展，他就赶过去了！"

"糟糕了！"关阿宅大叫。

"什么事？"宅爸问。

"雅玲在电脑展当 Show girl，吴守正准备过去跟她求婚了！"关阿宅说。

"哇靠！吴守正动作真快！"宅爸说，"我也得尽快跟吴攻正搭上才行！"

"绝对不能让吴守正求婚成功！"关阿宅握着拳头，咬牙发誓。

"对！吴守正绝对不能跟其他女生结婚，只有我女儿可以嫁进去！"霏妈说。

"我要去电脑展破坏他！"关阿宅站了起来。

"我开超跑载你去！"霏妈跟着站了起来。

●●. 22

MY GEEKY NERDY BUDDIES

一场高潮不断的求婚

霏妈开着超级跑车载关阿宅回学校宿舍，关阿宅一走进寝室，立刻拉高高迪、小硬和我上车，一起赶往电脑应用展。

抵达展场后，我们直奔苹果电脑的摊位，在人潮后方看到女主持人站在舞台上介绍商品，雅玲则站在女主持人的旁边，穿着清凉地拿着商品，脸上漾起迷死人不偿命的笑容。

突然一阵激昂的音乐响起，身穿名贵西装的吴守正随着音乐走上舞台，手上拿着一束鲜艳的红玫瑰，瞬即惹来台下尖叫鼓噪。

“幸亏及时赶到！还有得救！”关阿宅松了一口气。

“要是晚到一分钟，我和霏霏就跟一百亿擦身而过了！”霏妈不爽地说。

“时间刚刚好，你生气什么？”关阿宅说。

“叫你直接过来，你不听，偏要我载你到学校，带这几个宅男一起来干什么？”霏妈指着我、小硬和高高迪，怒问关阿宅。

“相信我，这群宅男很会搞破坏，不会让你失望的。”关阿宅说。

“怎么个搞破坏法？”霏妈问。

“高高迪，可不可以帮我制造嘘声？”关阿宅问高高迪。

“没问题，交给我！”高高迪转身，向我和小硬发号施令，“一分钟后，我要听到几十个宅男同时嘘吴守正！赶快去说坏话！”

“是！”我和小硬大喊。

高高迪一声令下，我们各自散开，向台下其他宅男散播吴守正的谣言。

台上，吴守正走到雅玲面前，向她递上红玫瑰，背景音乐顷刻转为浪漫旋律。

雅玲害羞地收下鲜花，旁边的女主持人和台下的宅男们纷纷欢呼，大赞吴守正够勇气，真男人！

“吴守正！你不是答应我不再追雅玲的吗？你为什么要出尔反尔？”关阿宅向台上大叫，企图挫吴守正的锐气。

霏妈听到关阿宅突然呛声，吓得赶紧转身往后退，怕被台上的吴守正发现。

霏妈多虑了，由于台下太吵，吴守正根本没听到关阿宅的叫骂声；此时背景音乐转为《不可能的任务》，一个熟悉的身影吊着钢丝从高处缓缓下来舞台，头上顶着一把钥匙，触发场上另一波尖叫与高潮。

“大朋？”关阿宅看到那个熟悉的身影，不禁眉头一皱。

“你认识他？”霏妈回到关阿宅身旁。

“他叫大朋，跟我住在同一个寝室，平时跟我称兄道弟。”关阿宅说。

“在这种地方吊钢丝很危险耶，你兄弟真拼命！”霏妈道，“话说回来，他竟然帮吴守正求婚，这不是出卖兄弟的行为吗？”

“出卖兄弟算什么？只要给他一点小小的酬劳，他什么都干！”关阿宅说。

“真的哦？”霏妈问。

“真的。”关阿宅说，“就算你给他一张用过的卫生纸，只要卫生纸背面还可以用来擦屁股，他也愿意为你赴汤蹈火，上刀山，下油锅！”

大朋缓缓降落地面后，吴守正取下大朋头上的钥匙，向雅玲跪下。

“雅玲，这是超跑的钥匙，嫁给我，今年最新款的兰博基尼就是你的！”吴守正用诚恳的语气问，“嫁给我好吗？”

台下众人拍掌叫好，主持人情不自禁地流下眼泪。

“谢谢你，可是我有梦想还没实现耶……”雅玲说。

“什么梦想？”吴守正问。

“我的梦想是去欧洲留学。”雅玲说。

“没关系，你只要嫁给我，将来我们就有八十亿财产。”吴守正说，“到时候别说是留学了，就算每个礼拜去不同国家旅游都没问题！”

主持人听到关键字，连麦克风都拿不稳，立刻拉下衣服的拉链，露出深邃的乳沟，还故意走到吴守正和雅玲的中间，挡住吴守正的视线。

“吴先生，辛苦了，我帮你擦汗。”主持人拿出卫生纸，一边向吴守正抛媚眼，一边弯腰使事业线更显眼。

“把她带走。”吴守正向身旁的大朋使眼色。

“遵命！”大朋扣住主持人双手，粗鲁地把她拖到舞台旁边。

“我要选谁就选谁，这就是权利！”吴守正对雅玲说，“全世界有几十亿个女人，但我只选你，因为你是我这辈子最爱的那个！”

雅玲凝视着吴守正，眼中流露着感动的光芒。

“你干什么吃的？”台下霏妈指着关阿宅的鼻子，气愤地问。

“无缘无故干吗骂我？”关阿宅语带无辜。

“请问你来这里为了什么？来看戏的吗？”霏妈手叉着腰，质问关阿宅，“你有在破坏吴守正求婚吗？”

“高高迪！ Stoneman！小硬！”关阿宅大叫。

“有！”分散在各处的我们同时回答。

“说好的嘘声呢？”关阿宅问。

“就是他！”高高迪从书包里拿出喇叭，指着台上的吴守正，煽动台下宅男们的情绪，“最近半年，我那个社区很多家庭主妇和阿嬷的内裤都不见了，全部是他偷的！大家一起嘘爆他！”

“嘘！”一个宅男嘘了，旁边的人跟着嘘，然后其他宅男仿如遭到群众病毒感染，肾上腺素和血压跟着上升，随波逐流地嘘了起来。

“无耻！变态！”有些宅男还边嘘边骂，仿佛亲眼看过吴守正犯案。

台下嘘声四起，成功动摇了台上的吴守正和雅玲的心情。

“雅玲，你知道吗？”吴守正挺着胸膛，镇定地说，“我一直在嘘声中成长，这辈子总是被各种谣言中伤。”

“嗯。”雅玲点点头。

“但是，即使再多的嘘声，也改变不了我对你的爱意！”吴守正一脸深情。

雅玲凝视着吴守正，眼中流露着陶醉的光芒。

“你真的是来破坏吴守正求婚的吗？”霏妈质问关阿宅，“怎么我觉得雅玲比刚才更感动了？”

“谁会想到吴守正那张狗嘴竟然可以吐出人话，而且还这么浪漫！”关阿宅说，“不过你放心，我还有很多招数！”

“你还有什么招数赶快拿出来，吴守正快成功了！”霏妈催促道。

关阿宅抢走高高迪手上的喇叭，朝舞台呐喊：“我们是来抢小礼物的！”

我、小硬和高高迪跟着大叫：“我们是来抢小礼物的！”

关阿宅继续呐喊：“我们不要看求婚！我们要主持人丢小礼物给我们抢！”

我、小硬和高高迪跟着大叫：“我们不要看求婚！我们要主持人丢小礼物给我们抢！”

关阿宅激动地喊：“求婚滚蛋！还我礼物！”

我、小硬和高高迪激动地附和：“求婚滚蛋！还我礼物！”

其他宅男跟着大叫：“求婚滚蛋！还我礼物！”

台上的吴守正问：“你们要礼物是吗？”

所有人异口同声大叫：“对！”

吴守正掏出腰包，拿出十张一千块纸钞，潇洒地往台下一撒。

台下宅男们纷纷跳起抢钱，现场陷入兵荒马乱，舞台边陲的大朋立刻放开主持人，往台下一扑，跟高高迪抢同一张纸钞。

“雅玲，你也看到了，这个世界没有我摆平不了的事，你嫁给我一定会很幸福！”吴守正说。

雅玲凝视着吴守正，眼中流露着崇拜的光芒。

“你真的是来破坏他们求婚的吗？”霏妈质问关阿宅，“怎么我觉得你所做的每件事，都在增加他的魅力？”

“可恶！看来我要出绝招了！”关阿宅说。

“你还有绝招哦？你到底行不行啊？”霏妈怀疑地问。

“行！我当然行！”关阿宅拍了拍自己的胸膛，却把不远处的高高迪拉过来，“阿迪，接下来交给你了！”

“交给老子什么？”高高迪一脸茫然。

“用你的口技。”关阿宅指了指高高迪的嘴巴，“刚才我在超跑上跟你说的G计划啦！”

“哦，原来是G计划，了解！”高高迪模仿高富帅先生骄横的语调，向台上呐喊，“守正，你上车马妹了吗？触感怎样？”

“上了，很滑，很舒服。”吴守正得意扬扬地说。

一秒钟后，吴守正发现自己说错了话，转头愤怒地问台下：“谁？谁假冒我朋友？”

关阿宅、高高迪和霏妈赶紧弯下腰，躲在众宅男的腿间窃笑，关阿宅差点笑歪了嘴。

“什么很滑？你刚才说什么？”雅玲问吴守正。

“呃……没事，我是说我今天中午吃的黑鲔鱼生鱼片很滑，很好吃。”吴守正心虚道。

“你吃生鱼片都用摸的吗？”雅玲纳闷地问。

“呃……对啊，吃之前我都会先摸摸看，感受一下那条鱼生前在想什么……”吴守正发现自己越讲越离谱，赶紧岔开话题，“雅玲，跟我结婚吧！我们去欧洲十个不同的国家度蜜月！”

“可是……结婚毕竟是人生大事，我需要一点时间考虑……”雅玲矜持地说，“而且……你只拿一把钥匙就求婚，太没诚意了。”

“一部兰博基尼耶！还没诚意？”吴守正问。

“可是……一般人求婚不是都拿钻戒的吗？”雅玲反问。

“原来你想要钻戒，了解！”吴守正恍然大悟，“好！那我给你一两天时间考虑，你也给我一两天时间准备！”

“Yes！破坏成功！”台下，关阿宅和高高迪击掌叫好。

“别太得意！虽然成功了，但只是延后了两天！”霏妈提醒道。

“我会好好把握这两天时间！”关阿宅说。

“你们两个慢慢聊，大朋刚才抢了老子先捡到的钱，老子要去抢回来！”高高迪挥手道别。

高高迪走到大朋面前，从他口袋里拿走纸钞，大朋不爽，二人抢成一团。

“阿宅，你朋友蛮厉害的，他叫什么名字？”霏妈指着高高迪，眼神突然变得很温柔，仿佛在看初恋情人。

“他叫高高迪，你喜欢他哦？”关阿宅问。

“我喜欢女尊男卑的关系，只要男人愿意言听计从，我都可以考虑。”霏妈试探地问，“不知道高高迪是不是这样的男人呢？”

“你恐怕要失望了，高高迪很粗鲁，很大男人。”关阿宅说，“而且，今天晚上九点过后，他就可以跟你女儿交往，你没机会了。”

“为什么今天晚上九点过后，他可以跟我女儿交往？”霏妈问。

“因为在一个月前，他们起冲突之后打赌，如果高高迪在一个月之内骂性器官，或问候任何人的女性长辈，或把性交的动作说出来，他就要送你女儿两个 LV 作为惩罚。”关阿宅道，“相反，如果高高迪有办法忍住一个月，那么霏霏就得跟他交往！”

“不行！在我安排霏霏跟吴守正结婚之前，她绝对不能跟任何人交往，免得节外生枝！”霏妈说。

“来不及了，现在只剩五个小时不到，你改变不了的。”关阿宅说。

“这个世界上没有我改变不了的事！”霏妈说，“今天晚上，你把高高迪带来我的豪宅，我马上给你两千元。如果在我的计谋下，成功让高高迪骂脏话，我再给你两万元奖金！”

“两千加两万……22k？”关阿宅问。

“对，就是 22k，多一毛都不行，你们年轻人就值这么多！”霏妈傲慢地说。

“唉，你要我出卖兄弟的幸福，时间又这么仓促，却只给 22k，未免也太少了吧？”关阿宅说。

“对不起，我已经习惯给年轻人这个价钱，我不能破坏行情。”霏妈说。

“习惯？行情？”关阿宅气愤道，“就是因为你们这些老人占着钱和社会资源不放，不但把房价炒高，还只给一丁点可笑的酬劳，要我们做牛做马做到爆肝，却又害我们连一幢房子都买不起，这个社会才会沉沦！我们才会对未来感到绝望！”

“废话真多！那你干不干？”霏妈问。

“出卖兄弟的事，我不干！”关阿宅浩然正气地拒绝。

此时，大朋怒气冲冲地经过霏妈，踏着不爽的步伐走向展场门口，他的一千块被高高迪抢走了。

霏妈快步走到大朋身后，拉住他：“等一下。”

“干吗？”大朋问。

“如果你今天晚上把高高迪带来我的豪宅，我马上给你两千元。如果在九点钟之前成功让高高迪骂脏话，我再给你两万元奖金，干不干？”霏妈问。

“干！”大朋怒气全消，还扬起邪恶的笑容，复仇的机会来了！

●●. 23

MY GEEKY NERDY BUDDIES

惨无人道的
母权世界

当天晚上八点多，大朋耗尽甜言蜜语，千言万语，终于把高高迪骗到霏妈的豪宅。

在老管家的带领下，大朋和高高迪来到豪宅的游泳池，池边坐了十几个女人，除了霏霏母女之外，还有霏妈的亲朋好友和闺密，每个都穿着休闲的衣服。

高高迪问："大朋，你不是说带老子到霏霏的房间，让我享受在豪宅里跟霏霏独处的乐趣吗？"

大朋装傻："我有说过吗？"

高高迪指着池边一众女人，质问大朋："这群老女人是干吗的？"

"高高迪，你不要怪你的兄弟，是我叫他带你过来的。"霏妈语毕，慷慨地塞了两千块给大朋。

"你为什么要这样做？"高高迪问。

"听说你和我女儿有一场打赌，今天晚上九点之后你就可以跟她交往，所以我打算给你考验。"霏妈说。

"我和她打赌，关你什么事？"高高迪不客气地问。

“我女儿最讨厌孬种了，如果你连接受考验的勇气都没有，我为什么要把女儿交给你？”霏妈说，“怎么啦？你男子汉大丈夫，没种吗？”

“谁说老子没种？”高高迪道，“老子是怕你输了不认账！”

“这里有十几个人证，如果你过得了我的终极侮辱，我一定会服输。”霏妈说。

“好啦，什么考验？赶快啦！”高高迪催促道。

“你把衣服全脱了，脱到只剩下内裤！”霏妈下令，“然后说笑话给我们听，我们所有人都笑了，才算过关！”

“你这个考验也太低级了吧？”高高迪生气地大叫。

“这只是考验的第一关，后面还有更低级的，如果你不爽的话，欢迎马上离开。”霏妈说。

“士可杀，不可辱！”大朋劝高高迪，“别管那场打赌了，我们走吧！”

“走？老子好不容易撑了一个月，再撑半小时就要赢了，你叫老子走？”高高迪火大地说，“你竟然为了两千块，牺牲兄弟的幸福，你还是人吗？”

“不想脱的话，可不要勉强哦。”霏霏说。

“一点都不勉强！”高高迪边说边脱衣服。

高高迪脱到剩下内裤，在众女面前讲了一个又一个笑话，耗了十几分钟，终于让现场所有人都笑了。

高高迪瞄了一下墙上的大时钟，时间是八点四十分。

“走你爸的蛋！我的霏霏快到手了！”高高迪说。

“何必呢？何必留在这里被侮辱呢？”大朋道。

“你还好意思说？是谁害老子在这里被侮辱的？”高高迪用鼻子喷气。

“高高迪，你就别怪你的兄弟了。”霏妈说，“是我用22k利诱大朋，如果他能让你输掉打赌，或是害你过不了我的考验，待会他就可以领两万元。”

“什么东西啊？老子输了，你还可以领两万？”高高迪气愤地问大朋，“你这个猪狗不如的杂碎！为了22k，宁愿让兄弟交不到女朋友？”

* * * * * * * * *

就在高高迪和大朋在游泳池旁边面对惨无人道的母权世界时，关阿宅一个人流浪在板桥，苦思如何在两天内扭转雅玲嫁入豪门的必然命运。

圣诞树下万头攒动，灯光炫丽，节日还没来临，空气中已氤氲着浓厚的过节气氛。

路人们纷纷拍照留念，关阿宅却没有自拍的心情；他拿着两罐刚从大远百买的Dr.Pepper，一边浅尝雅玲喜欢的味道，一边落寞地在众情侣之间穿梭。

跟雅玲成为情侣的机会，只剩下最后两天了，可恨的笨脑袋却想不出半个可行的对策。

想念她，喜欢她，希望能够跟她更近一步，却因为性格被动，觉得自己机会渺茫，所以宁愿在夜阑人静时辗转难眠，也不敢在碰面时开口说出来；然而现在已是生死存亡之秋，再不开口争取那即使只有 0.01% 的可能性，女神将会成为永恒的回忆！

关阿宅惆怅地下楼梯之际，牛仔裤袋里的手机响起 80 年代歌曲《明天会更好》的旋律，那是他为属于那个年代的玲妈所设的来电铃声。

“阿宅，糟糕了！吴守正打算再求婚！”电话接通后，玲妈劈头第一句便说。

“我知道啊，两天后。”关阿宅说。

“什么两天后？是明天早上！”玲妈大叫。

“明天早上？”关阿宅大吃一惊，“天啊！两天已经有点难救了，现在还改为明天早上？”

“是啊，吴守正突然改变主意。”玲妈说。

“吴守正怎么会突然改变主意？”关阿宅问。

“他今天傍晚在电脑展调阅监视录影带，发现你带一群宅男去破坏他的求婚。”玲妈说，“他为了避免节外生枝，所以决定不等了，明天早上立刻行动！”

“你怎么知道这么多？”关阿宅好奇地问玲妈。

“吴守正刚才给我钱，请我拍影片，后来我们闲聊了一会，我从他口中套出很多事情。”玲妈说。

“谢谢你告诉我！”关阿宅感激地说，“对了，他请你拍影片，给你多少钱？”

“我只录了一句祝福的话，就赚了 22K，超好赚！”玲妈雀跃地说。

“怎么又是 22K？”关阿宅皱起眉头。

“他说他们有钱人已经习惯给这个金额，多一毛钱都不行。”玲妈说。

“吴守正为什么会找你录祝福的话？他到底要拍什么？”关阿宅问。

“他找了好几位雅玲的亲朋好友和同学，每个人录一句话，然后搭配情歌剪接成一首浪漫的 MV。”玲妈说，“明天早上雅玲会到学校的音乐教室练歌，吴守正打算到时候支开音乐老师，单独播给她听。”

“孤男寡女吗？”关阿宅问。

“对，孤男寡女，明天吴守正会关起门来求婚。”玲妈说，“吴守正明天是志在必得，你得加油了！”

“不行，我不能坐以待毙！”关阿宅激动地捏紧手中的汽水罐，“我要阻止他！”

“不容易啊。”玲妈说。

“为什么不容易？”关阿宅问。

“吴守正雇用了一百多个工读生，在校园每个通道和门口布下了天罗地网，要阻止你们任何一个宅男靠近音乐教室！”玲妈说。

“为了不让雅玲成为吴守正争遗产的棋子，沦为豪门的牺牲品，也为了我的幸福，明天我拼了老命也要闯进去！”关阿宅咬牙切齿地说。

●●. 24

MY GEEKY NERDY BUDDIES

男子汉大丈夫
要一言九鼎

晚上九点多，我和小硬在便利商店圆桌前吃着关东煮，川美则站在收银台后面招呼排队的客人。

此时，关阿宅快步冲进便利商店，迅速拿了三包干粮和一大瓶汽水，走到收银台结账。

“阿宅，你干吗买那么多东西？”我问。

“待会我要躲进校园，今天晚上将会是一场持久战！”关阿宅说。

“什么持久战？怎么回事？”小硬问。

“吴守正明天早上会在音乐教室向雅玲求婚，他要在学校里布下天罗地网，阻止我们去破坏。”关阿宅说，“所以，我打算现在就出发，赶在他的工读生布网之前混进校园！”

“万一你被抓到怎么办？”我问。

“你们两个要不要陪我一起混进校园？”关阿宅问，“万一我被那些工读生抓去关厕所，如果你们没有被抓，明天早上你们代替我去破坏！”

“好啊！一起去！”小硬道。

“兄弟一场，义不容辞！”我道。

“要不要我带你们混进去？”川美说，“我知道学校里有一个地方非常安全。”

“哪个地方？”关阿宅问。

“校园中央的女生宿舍。”川美说，“工读生再怎么布网，也不可能想到你们会躲在女生宿舍。”

“好主意！最危险的地方，就是最安全的地方！”小硬道。

“川美，那就拜托你了！”关阿宅感激地说。

“不客气，大朋的兄弟，就是我的兄弟！”川美拍了拍胸口，豪情万丈地说。

* * * * * * * * *

我、小硬和关阿宅穿着员工服，戴上粉红色帽子，乔装成便利商店员工，在川美的带领下踏进校园。

守卫室里，广场旁边，榕树上，电灯下，沿路不断有奇怪的人以不友善的眼神盯着我们看，似乎在确认通缉犯；我们低调地看着地面，不慌不忙地往前走，不跟其他人有任何目光上的接触，八分钟后，总算顺利走进校园中央的温柔乡——女生宿舍。

川美把我们带到311房间，当我、小硬和关阿宅都踏进玄关之后，川美迅速把大门关上，并以密码锁锁住。

“快！把他们三个抓起来！”川美大叫。

川美一声令下，一个龇牙妹和四个大汉瞬即从房里冲出，我们三个宅男难敌八双罗汉手，不消半分钟便被他们制伏。

几个大汉用绳子捆绑我们双手，然后把我们推到软床上。

“川美！你为什么要出卖我们？”关阿宅生气地问。

“因为我就是其中一个工读生！”川美说。

“可恶！你刚才不是说，大朋的兄弟，就是你的兄弟吗？”我问。

“大朋的兄弟只有一个。”川美道，“那就是钱！”

“吴守正到底给了你们多少钱？”我问。

“不用问了，肯定是 22K！”关阿宅说。

“你怎么知道？”川美、龇牙妹和四个大汉异口同声地问。

“王八蛋！放开我们！”小硬大叫。

“等明天早上吴守正求婚之后，我保证立刻放人。”为首的呲牙妹说，“今天晚上就委屈你们了，在我的房间过一晚吧！”

“我才不要跟你在这个房间过一晚！”关阿宅气得咬牙切齿。

“不要就拉倒！”呲牙妹说，“你们三个今天晚上睡厕所！”

“阿宅，拜托你少说话好不好？”小硬抱怨道，“本来还可以睡床的，现在只能睡厕所了！”

“话越多，睡的地方越差是吗？”关阿宅问。

“对！”龇牙妹点头。

“那我更要多说话了！”关阿宅说，“本来我们还可以睡厕所，再吵一点，就会被你赶到街上睡。”

“我不是白痴！”龇牙妹命令四个大汉，“把他们抓到洗手间！”

“是！”四个大汉同时高喊。

我、小硬和关阿宅被带进厕所后，龇牙妹指着马桶说：“你们三个有福了！”

“要被关一整个晚上，是有福什么？”我问。

“难道这个马桶会生黄金吗？”关阿宅问。

“我和校花雅玲很熟，她曾经来过这个房间，还曾经在这个马桶上拉过屎。”龇牙妹说，“你们三个一定是上辈子修来的福气，今天才可以跟女神用过的马桶过一晚，慢慢闻吧！”

“你不要乱说话！女神是不会拉屎的！”关阿宅气愤地质问龇牙妹，“你为什么捏造事实，破坏雅玲的形象？”

龇牙妹翻了个白眼，请四位大汉没收我们的手机后，便关上大门，把我、小硬和关阿宅留在脏臭的厕所。

“可恶！可恶！可恶！可恶！可恶！”关阿宅气得跺脚。

“无缘无故被软禁一个晚上，是该生气的。”我道。

“我生气的，不是她软禁我一个晚上，而是她冤枉我的女神！”关阿宅激动地说。

●●.25

MY GEEKY NERDY BUDDIES

人会老，外貌会变，内在才是最重要的

夜阑人静，关阿宅靠着女神坐过的马桶，我靠着会滴水的洗手台，小硬靠着充满污渍的灰墙，三个人小声讨论怎么逃出去。

“快想办法啊！”关阿宅催促我们，“如果出不去，明天早上吴守正就要得到雅玲了！”

“要不，我们把求救的小字条丢进马桶，然后冲到化粪池好不好？”小硬问。

“这样做有什么用吗？”关阿宅问。

“你把化粪池当成许愿池就对了。”我道。

“不是啦！把小字条冲到化粪池，清洁人员就有机会看到我们的求救信息！”小硬道。

“谁在乎化粪池里的小字条啊？”关阿宅没好气地问，“如果你在屎尿堆里看到一张小字条，你会捡起来看看上面写什么吗？”

“唉，这里没有窗户，我们手上也没有电话，完全没办法对外联络，还能怎样呢？”小硬道。

“你们身上有什么东西可以用来求救的？”我问。

“求救的东西没有，倒是有一副扑克牌。”关阿宅说。

“这个地方好无聊哦！我们来玩牌吧！”小硬说。

“白痴哦！”关阿宅生气地说，“现在都什么时候了？你还有心情玩牌？”

“不然能怎样？”小硬道，“反正想不到逃走的方法，那就边玩边想吧，这叫苦中作乐！”

“好吧，我们边玩边想。”我问，“想玩什么？”

“盖棉被！我从小到大，最喜欢玩的就是盖棉被了！”小硬雀跃地回答，似乎已经忘了自己身在地狱。

“我们的手都被绑住了，怎么玩？”关阿宅问。

“用脚啊！”小硬说。

我们花了三分钟用脚洗牌，然后又花了两分钟发牌。

“A。”小硬一边喊，一边把手上的牌丢在地上，是一张梅花 9。

“2。”我一边喊，一边把手上的牌丢在地上，是一张黑桃 K。

“3。”关阿宅一边喊，一边把手上的牌丢在地上，是一张方块 3。

“是我的！”小硬用力踩向地上的方块 3，溅起了地上的污水，喷得我和关阿宅满脸都是。

“耶！我赢了！我赢了！”小硬兴奋大叫。

“靠！”关阿宅举起右脚擦着脸上咖啡色的污水，龇牙咧嘴地咆哮，“我们一定要在这么肮脏的地方玩这种游戏吗？”

“天啊！我想起来了！”小硬看着关阿宅的脸，仿佛发现黄金宝藏。

“你想起什么？”关阿宅问。

“看到你咬牙切齿，让我想起外面那个龅牙妹是谁了！”小硬道。

“她是谁？”我问。

“你们还记得前阵子的变装派对吗？”小硬问。

“记得。”我和关阿宅点点头。

“她就是我在变装派对看对眼的那个龅牙妹！”小硬道，“当时我本来想带她去开房间，因为我的假鼻子不小心戳伤她的眼睛，所以先送她去医院，结果她发现我长得很丑，扬言要告我性骚扰！”

“原来就是她哦？”我问。

“烂人中的烂人！为了一点小钱，把我们关在这种又脏又臭的地方！”关阿宅破口大骂。

“她应该是有苦衷的吧？可能是家里穷，你就不要谴责她了。”小硬道，“小硬说过，可恨之人，必有其可怜之处。”

“你干吗替她说话？该不会是喜欢上她了吧？”关阿宅问。

“你该不会患了斯德哥尔摩症候群，对绑架你的犯人产生好感吧？”我问。

“她蛮可爱的啊，不然变装派对当天我怎么会看上她？”小硬道。

“既然你看上她，要不要追追看？”我问。

“Stoneman，你千万不要相信小硬。”关阿宅对我说，“他看上一个女生只要两秒钟，每天坐在电脑前喜欢几十个女生。”

洗手间的门被外面的人打开了。

龇牙妹拿着一根鞭子走进来，目露凶光。

“喂！你们三个吵死了！”龇牙妹用力抽着手中的鞭子。

“我们被绑在这里很无聊，聊个天也不行吗？”关阿宅问。

“这里没有隔音设备！”龇牙妹往关阿宅的屁股抽了一下，“老娘在看韩剧，再吵就拿胶布封住你们的嘴巴！”

“反对暴力！”关阿宅大叫。

“反对无效！”龇牙妹往关阿宅的脚底抽了一下。

“我可以追你吗？”小硬问。

“不可以！”龇牙妹往关阿宅的小腿抽了一下。

“他妈的！”关阿宅火大了，“明明是小硬调戏你，为什么要抽我？”

“刚才谁很大声地骂我是烂人中的烂人，我就抽谁！”龇牙妹说。

“为什么不给追呢？”小硬问。

“一开口就问给不给追，太轻浮了吧！”龇牙妹说。

“我认为你有重新认识我的必要。”小硬道。

“有这个必要吗？”龇牙妹冷笑一声。

“有，因为我蛮喜欢你的，我正在思考我们交往的可能性。”小硬说。

“你喜欢我什么？”龇牙妹虽然一脸暗爽，但还是强装淡定，并语带怀疑地问，“我又矮又胖，又常常龇牙咧嘴，你们男生不是最害怕我这类型的女生吗？”

“那是他们肤浅，你干吗跟那种目光如豆的臭男生计较？”小硬道，“人会老，外貌会变，内在才是最重要的！”

就在龇牙妹听得陶醉之际，关阿宅冷冷地问：“她有什么内在？”

“闭嘴！”龇牙妹往关阿宅的屁股狠狠抽了一下，“现在气氛正好，你插什么嘴？”

“呜……”关阿宅的屁股被抽得又痛又痒，手又抓不到，只好磨擦地面止痒。

“我喜欢你性格够干脆！”小硬对龇牙妹说，“那天晚上，我在医院把假鼻子脱下来，你看到我的真面目后，直接说我很丑，叫我去整容，毫不掩饰。”

“这也算是优点吗？”龇牙妹问。

“算！至少你够坦白，肯说真话，我才明白自己不吸引异性的真正原因是什么，知道可以怎么改进自己！”小硬道，“你不像我认识的其他女生，她们只会挂着虚情假意的笑容说我是好人，或是对我的信息不读不回，她们对我的人生完全没有帮助，因为她们冷漠，不肯说真话，我永远只能猜测，不知道要怎么改！”

“谢谢你把我的缺点说成优点。”龇牙妹道。

“我不是为了讨好你才这么说，我是真的喜欢你这种性格的女生！”小硬道，“如果我们试着交往，我们一起减肥，一起增高，一起加油成为有魅力的人，相信未来的人生会有很大的改变，我们都会变得很幸福！你要不要考虑一下？”

就在龇牙妹听得快要哭出来之际，关阿宅理智地说：“小硬，你太夸张了，增什么高？我们这个年纪已经不能再长高了。”

“吵死了！”龇牙妹往关阿宅的大腿狠狠又抽了一下，差点就抽中两颗小丸子。

“你要不要陪我看韩剧？”龇牙妹问小硬。

“可以吗？”小硬受宠若惊。

“可以啊，今天是结局前一集，有好几场高潮戏。”龇牙妹说。

“可是我没看过前面耶。”小硬道。

“没关系，我可以告诉你前面的剧情。”龇牙妹说。

“好啊！”小硬兴奋地说。

“我也要看！”我大叫。

“我也要看！告诉我剧情！”关阿宅大叫。

“看什么看？你们两个继续闻雅玲拉过屎的马桶吧！”龇牙妹说。

“我再重申一次，雅玲是女神，女神是不会拉屎的！”关阿宅激动地说，“如果你再侮辱雅玲，我不排除采取法律行动！”

龇牙妹解开捆绑小硬的绳子，拉着他出去看韩剧，我和关阿宅则闻了一整个晚上的屎尿味。

“Stoneman，我想到一个新的谜语。”关阿宅说。

“什么新谜语？”我问。

“将来某一天，Stoneman把今天晚上的遭遇写成一集电视剧，猜一个四字词语。”关阿宅说。

“这个世界上有千千万万个词语，要猜到什么时候？你直接说吧！”我道。

“答案是始料未及。”关阿宅说，“屎尿味集。”

“这里臭气冲天，你还有心情想谜语，佩服佩服！”我没好气地说。

“虽然我在搞笑，但其实我心系雅玲，真的，我怕明天之后，她就是别人的老婆了。”关阿宅担忧地说。

我和关阿宅在脏臭的厕所耗到凌晨三点才睡着。第二天早上七点多，门被外面的人打开了。

小硬和呲牙妹走了进来，并把我和关阿宅踢醒。

“阿宅，Stoneman，我说服月如了，现在就让你们走。”小硬道。

“月如是谁？”关阿宅睡眼惺忪地问。

“月如是我！”龇牙妹说，“这个世界没有人姓龇，名叫牙妹好吗？”

“阿宅，我和月如沟通了好几个小时，我们决定放你去争取幸福，即使成功的概率很低。”小硬道。

“吴守正给你的酬劳呢？你不要了吗？”我问。

“不要了！这个世界上，有些东西比钱更重要！”龇牙妹语毕，暧昧地看着小硬。

“川美和另外三个大汉呢？他们肯吗？”关阿宅问。

“他们早就离开了，不知道我要放你们走。”龇牙妹道。

“她可以放你们两个走，还可以提供女装让你们躲过校园里的其他工读生，混进音乐教室。”小硬竖起一根手指头，“但有一个条件！”

“什么条件？”我问。

“不可以告她软禁。”小硬道。

“没问题！我答应！”我说。

“阿宅，你呢？”龇牙妹问。

“我从来没有打算要告你软禁，但如果你再侮辱雅玲在这个马桶上拉过屎，我可就不客气了！”关阿宅说。

“你不打算告我软禁，却要告我侮辱？”龇牙妹问。

“你不知道事情轻重吗？”小硬问。

“我当然知道事情轻重。”关阿宅说，“侮辱我的女神，比软禁我还要严重！”

十五分钟后，小硬和龇牙妹手牵着手去吃减肥早餐，我和关阿宅则化了浓妆，穿着龇牙妹提供的裙子、奶罩、假发和假奶，乔装成女生赶往音乐教室。

我们在校园里顺利躲过所有吴守正的眼线，好不容易走进音乐系系馆，却在二楼的楼梯间被两个工读生拦了下来。

“我们是音乐系的学生！我们要上课！”我乔装成女声。

“对不起，不管是音乐系，中文系，有关系，还是没关系，这半个小时都不能上三楼！”工读生绝情地说。

“我们有上课的自由！”关阿宅乔装成女声。

“根据音乐系的课表，这个时间三楼根本没课！你们这两个怪声怪气的死人妖，到底是谁？”工读生质问我们。

“我们是泰国来的交换生！”关阿宅睁着眼睛说谎。

“三碗猪脚！”我双手合十，配合演出。

身份差点暴露，我和关阿宅吓得转身快步离开。

逃出系馆后，我和关阿宅立刻沿着水管爬到三楼，在钢琴室窗户外发现吴守正把雅玲拉到大屏幕前，准备播放浪漫求婚影片；我们马上潜入钢琴室，赶在吴守正按下播放键的那一刻冲到他们面前。

“Yes！总算赶到了！”我和关阿宅击掌叫好。

“你们爬进来干什么？你们是谁？”吴守正气愤地问。

“是我！”关阿宅拿出卫生纸，擦了一下脸上的浓妆和口红。

“阿宅？”雅玲皱着眉头问，“你为什么来这里？”

“我来拯救你的人生！”关阿宅说，“你知道吗？吴守正他……”

“拯救我的人生？你以为自己是谁？”雅玲打断关阿宅，“我只看到两个穿着女生衣服的变装癖，在我人生最重要的时刻跑出来吓人！”

“简称变态。”吴守正补上一刀。

●●. 26

MY GEEKY NERDY BUDDIES

常常传短信给你，是因为心里有你

“坐下来，或是立刻出去！”雅玲指着最远处的椅子，对关阿宅说。

“这句型……”关阿宅用大拇指和食指搓了搓下巴，若有所思。

“你在模仿《海角七号》是吗？”我问雅玲。

雅玲狠狠瞪了我们一眼。

关阿宅摸摸鼻子，识相地把我拉到最角落的椅子，坐下来静观其变。

此时，大屏幕的影片刚巧播完前奏旋律，进入正歌。

雅玲你快嫁给我

嫁给我　你会有很多钱

你可以环游世界

你可以当个少奶奶

玲妈出现在镜头前：

“女儿，嫁给他吧！”
雅玲你快嫁给我
我爸爸　想要个媳妇
将来他死掉之后
我们永远不愁吃穿

表妹出现在镜头前：

“表姊，嫁给他吧！”

“比高高迪还要俗！”关阿宅一脸不屑，小声在我耳边骂道，“好好的一首老歌，被他唱得全是铜臭味！”

我盯着荧幕看，看得出神。

“Stoneman，你觉得呢？”关阿宅摇了摇我的衣袖。

“我觉得表妹蛮正的，好想加她的微博哦！”我心不在焉地说。

“这不是现在该看的重点好吗！”关阿宅翻白眼。

雅玲你快嫁给我
嫁给我　你会很快乐
全校最美的就是你
你是最适合的人选

阿梅出现在镜头前：

“雅玲，嫁给他吧！”

吴守正的求婚 MV 就像我们身处的这个时代，在不断吸收韩剧、正妹、露奶和脑残新闻的时光中悄悄流逝，不知不觉，我们都老了……呃不，不知不觉，MV 就播完了！

音乐停下来的一刻，吴守正对雅玲说：“这首 MV 我花了一整个晚上，请你的亲朋好友入镜，请文学院的院长写歌词，请我的助理通宵剪接。”

“这歌词真的是文学院院长写的吗？”雅玲皱着眉头问。

“对啊，当时我念一句，他写一句。”吴守正答。

“其实你请工读生就可以了，不应该把人才浪费在错误的地方。”雅玲说。

吴守正深情地看着雅玲：“你喜欢我的创作吗？”

雅玲点点头：“还不错啊，蛮好听的。”

吴守正看到她点头，立刻从口袋拿出钻戒：“雅玲，嫁给我好吗？”

雅玲眉宇间流露着犹豫：“可是……”

吴守正问：“还可是什么？”

雅玲答：“我觉得这个时候结婚有点早，毕竟我有一些梦想还没完成。”

“梦想？”吴守正问，“是昨天你说的留学吗？”

“对，我其中一个梦想是出国留学。”雅玲说。

“那有什么问题？”吴守正说，“结婚之后，我们有八十亿，世界上还有哪个国家我们不能去？”

“但留学不是旅游，在外地一待就是好几个月，甚至好几年，你能不能接受分开的煎熬？”雅玲问。

“什么东西要待在外地学那么久？”吴守正反问。

“我想到奥地利学音乐，将来我想当一个全能的歌手，我想成为天后！”雅玲说。

“不用这么麻烦！只要当上我的老婆，不需要花时间去奥地利学音乐，一样可以成为天后！”吴守正说，“你去参加任何一个全国歌唱大赛，我都可以收买主办单位，让你成为内定冠军，到时候别说是天后了，当皇太后都没问题！”

“我想靠自己的力量，当一个能自弹自唱的实力派歌手。”雅玲说，“我不想当那种被某些媒体封为天后，却被台下酸民嘲笑我没实力，靠关系才红。”

“不想被酸，为什么不乖乖当个少奶奶呢？”吴守正问，“每天跟名媛好友喝下午茶聊八卦，无聊就去百货公司随便乱买，累了就去按摩SPA，这种生活不是挺好吗？”

“有梦想不去追求，每天过那种浪费人生的生活，哪里好？”雅玲说。

“至少不用抛头露面，不红还要被酸。”吴守正说。

“当歌手是我小时候的梦想，我十岁时就已经做好了抛头露面，不红被酸的心理准备。”雅玲道。

“雅玲，你该长大了，当我老婆，绝对比歌手还要快乐！”吴守正说。

“我支持雅玲！”关阿宅听得忍无可忍，终于站了起来，“她有追求梦想的权利！”

“你这个穿女装的变态，有什么资格插嘴？”吴守正问。

“刚才雅玲叫我们坐下来，可没规定我们不能发表意见。”我道。

“吴守正，你爸有钱，他允许你用他的钱到处呼风唤雨，这是你家的事。”关阿宅说，“但是你没有权利因为你有钱，就企图掌控雅玲的人生，要求她放弃自己的梦想，照你的剧本走！”

“嫁鸡随鸡，嫁狗随狗，很难懂吗？”吴守正冷笑，“也对啦，像你这种没有女生愿意结婚的穷光蛋，的确不需要懂这两句话的含义，我看你一辈子都不需要！”

“雅玲是一个有梦想的女生，嫁鸡随鸡不适合她！”关阿宅说，“如果你是为了虚荣心，因为雅玲是全校最正的女生，所以才想把她娶回家，而不是因为爱她，请你不要结这场婚！将来有事没事打老婆，生了小孩又离婚，何必呢？”

吴守正和雅玲互望一眼。

“你爱我吗？”雅玲问吴守正。

“爱！”吴守正果断回答。

“前阵子我打电话给你，传了很多信息给你，为什么你都不理我？”雅玲说。

“我忙啊！”吴守正说。

“你之前对我那么冷淡，现在突然这么热情，又急着要结婚，我有点害怕。”雅玲说。

“害怕什么？”吴守正问。

“会不会结婚之后，你又开始推说自己很忙，常常待在外面不回家，再怎么找你，你都不理我？”雅玲道。

“不会啦！就算我在外面很忙，我可以每个月给你三十万，随便你怎么花！”吴守正牵起雅玲的手，准备把钻戒套进她的无名指，“来，戴上它。”

雅玲把手缩回去。

“怎么了？”吴守正问。

“我希望寂寞时有人陪伴，难过时有人安慰。”雅玲说，“我要的是温暖。”

“我很温暖啊！我哪里不温暖了？”吴守正说，“为了这场求婚，我找你的亲朋好友拍MV，还请助理熬夜剪接，还请文学院的院长用老歌重新填词，你还有什么不满意的？”

“看你今天精神奕奕，你真的有熬夜吗？”雅玲问。

“没有，昨天晚上十一点多就睡了，是我助理熬夜。”吴守正道。

“夜不是你在熬，肝不是你在爆，曲也不是你在谱，给版权费了吗？”雅玲说，“你这样一点诚意都没有。”

“没诚意？我忙了两天，求了两次婚，你说我没诚意？”吴守正激动地说，“请你搞清楚！这个世界上多少个女生等着让我选，一字排开，可以从地球排到月球！但我还是先选你，因为我最爱的那个人是你，你的漂亮是其他女生比不上的！”

“雅玲，觉悟吧！”关阿宅说，“他只是喜欢你的外表，而不是你的人。这个教室里，真正喜欢你的人是我！”

“你？”雅玲瞪大双眼。

“当然是我！如果我不喜欢你，为什么我常常传信息给你，对你嘘寒问暖？”关阿宅说。

“你只是一个经常骚扰正妹的死宅男而已，别把自己说得这么深情！”吴守正说。

“吴守正，我这辈子从来没有恨过畜生，所以今天我也不会恨你。”关阿宅说，“因为我明白，你那张狗嘴吐不出人话！”

“阿宅，你为什么要说守正是狗？”雅玲质问。

“是他先骂我死宅男的！”关阿宅说。

“他说错什么了吗？”雅玲问，“在我心里，你是宅男没错啊，一天到晚传一些奇奇怪怪的信息给我，我搞不懂你想干吗。”

“什么奇奇怪怪的信息？”关阿宅生气地说，“那些都是我对你的关心啊！”

“关心？电视新闻常常在报，你们这些宅男最喜欢偷女生的内裤，在地铁上摸女人的屁股。”雅玲说，“你说你关心我，谁知道你传那些信息给我，背后有什么目的？”

“原来在你的心里，我的地位这么糟糕！”关阿宅愤怒地说，“你只不过看了一两则新闻，就对我们所有宅男产生偏见，那是你脑袋笨！分析能力有问题！请不要侮蔑我的人格！”

雅玲涨红着腮帮子，听得一脸不爽。

我赶紧拉了拉关阿宅的衣服，低声提醒他：“你是来破坏吴守正求婚的，不是来破坏自己和雅玲的关系……”

关阿宅甩开我的手，继续对雅玲说：“那些媒体喜欢拿宅男开刀，把变态行为都推到宅男身上，是因为我们纯良可欺，他们知道就算嘲笑我们，污辱我们，我们通常都不会反击，所以才会肆无忌惮！如果媒体怎么报，你就怎么收，我只能说你的智商很有问题！”

“你这个狗娘养的死宅男！凭什么骂我的老婆？”吴守正向门外大喊，“阿礼！阿义！阿廉！”

三个大汉从外面打开教室大门，走了进来。

“把这两个死宅男抬出系馆！”吴守正向礼、义、廉下令。

“不用你抬！”关阿宅挺起胸膛，有骨气地说，“我们自己走！”

我们一边走向教室大门，我一边向雅玲喊话：“阿宅常常发短信给你，不是因为他变态，是因为他心里有你！”

关阿宅对雅玲说：“一个真正爱你的人，不会不理你的电话和短信，不会干预你的梦想，你自己好好想清楚，坚持你应该坚持的东西！”

一秒钟后，我和关阿宅因为废话太多，被礼、义、廉粗暴地拖出门外；三个大汉架着我们双手和脖子带到一楼，然后踢出系馆。

* * * * * * * * *

我和关阿宅被逐出音乐系系馆后，走到学校的医疗中心验伤，在挂号处巧遇高高迪。

“老子恨老子！”高高迪看到关阿宅，劈头第一句便说。

“他说什么？”关阿宅一脸茫然，转头看着我，“Stoneman，你翻译一下。”

“他说他恨你爸。”我道。

“我爸得罪你什么了？”关阿宅问高高迪。

“老子跟霏霏交往了！老子追走了老子最心爱的女人！”高高迪激动地说。

“Stoneman，翻译翻译。”关阿宅说。

“他说你爸跟霏霏交往了，你爸追走了他最心爱的女人！”我道。

“他们交往了？真的吗？我爸怎么办到的？”关阿宅问。

“老子昨天在你赶过去电脑展的时候，一边喝下午茶一边安慰难过的霏霏，不知道对她说了些什么甜言蜜语，然后他们就交往了！”高高迪说。

“你爸昨天在你赶过去电脑展的时候……”我帮忙翻译。

“这段不用翻。”关阿宅打断了我，“只有一个老子，我听得懂。”

“别让老子在街上看到老子！不然老子一定找老子决斗！”高高迪恨得咬牙切齿。

“我爸从来没有放弃过任何进入豪门的机会。”关阿宅说，“虽然我不赞同他这个梦想，但看到他始终如一，坚持到底，我替他感到骄傲！”

挂号后，我们三宅坐在同一张长椅上。

关阿宅甫坐下，便立刻拿出手机，连上雅玲的微博首页。

“不是吵架了吗？不是很火大吗？”高高迪问关阿宅，“那你干吗还上她的微博？”

“我想知道她有没有答应吴守正的求婚。”关阿宅说。

“她有发表新的近况吗？”我问。

“没有。”关阿宅得意一笑。

“别高兴得太早，没有不代表没有。”高高迪说。

“没有不代表没有？什么意思？”关阿宅问。

“很多正妹都把宅男设为点头之交，有些重要信息，正妹只分享给好朋友知道，宅男是看不到的。”高高迪语气相当专业，看来被女生设为点头之交的经验非常丰富。

关阿宅的手机突然铃声大作，是聊天软件收到新信息时的音效。

关阿宅打开聊天软件，发现是雅玲主动发短信给他时，激动得无法言语。

“阿宅，你怎么了？”我问。

“雅……雅……雅玲主动发短信息给我！”关阿宅心跳加速，呼吸紊乱。

“雅玲这次的信息，有超过之前的世界纪录吗？”高高迪问。

“什么之前的世界纪录？”关阿宅反问。

“你前阵子不是说过，雅玲回了你七个字，短短七个字已经刷新了历史纪录？”高高迪问。

“这次只有三个字。”关阿宅答，“她跟我说对不起。”

“你有没有看错？她跟你说对不起？”高高迪怀疑地问。

“没有看错。”关阿宅平静地回答，表情没有喜悦，还流露着苦涩。

“你为什么不兴奋？”我问。

“她刚刚更新了个性签名，上面写着‘接下来的人生，我会很幸福！’。”关阿宅说。

“所以……她答应吴守正的求婚了？”高高迪问。

●●. 27

MY GEEKY NERDY BUDDIES

喜欢宣言

“你答应吴守正的求婚了吗？”关阿宅发短信问雅玲。

“没。”雅玲回关阿宅。

“怎么会？”关阿宅问雅玲。

“我坚持我的梦想，他不想等，坚持现在就要结。”雅玲回关阿宅。

关阿宅松了一口气，宛如放下一块心头大石。

“谢谢你刚才临走前提醒我，该坚持梦想。”雅玲回关阿宅。

“不客气。其实我跟你有同样的梦想。”关阿宅回雅玲。

“你也想当歌手吗？”雅玲问关阿宅。

“是啊，我高中时开始接触吉他，发现自己在音乐和创作方面都蛮有天分。”关阿宅回雅玲。

“真的假的？”雅玲问关阿宅。

“真的，而且我最近还写了一首歌。”关阿宅回雅玲。

“从没听过你有这个梦想。”雅玲回关阿宅。

“那是因为我们之前互动太少，你总是用冷淡回应我的热情。”关阿宅回雅玲。

“身边的朋友常告诫我要远离宅男，她们说宅男都是怪人。”雅玲回关阿宅。

“你们对宅男有很深的误会。”关阿宅回雅玲。

“对了，我想跟你说声抱歉。”雅玲回关阿宅。

“关于什么事？”关阿宅问雅玲。

“我刚才不应该以偏概全，因为媒体的渲染，就认为你们宅男都不是好人。”雅玲回关阿宅。

“没关系，现在知道也不晚。”关阿宅回雅玲。

今天病人很多，关阿宅等了五分钟，雅玲再也没有回话，于是厚着脸皮，又发了一条信息过去：“我刚才说我最近写了一首歌，你不想知道那首歌关于什么吗？”

“关于什么？”雅玲问关阿宅。

“关于一个我喜欢的女生。”关阿宅意有所指地回答。

“哦。”雅玲回关阿宅。

“其实那首歌是为你写的！”关阿宅回雅玲。

“哦。”雅玲回关阿宅。

“回了等于没回。”身旁的高高迪看不下去，用鼻子喷气。

“算有进步了，至少不是已读不回！”我道。

“下礼拜的校园歌唱大赛，我可以唱给你听，到时候可不要感动到哭出来！”关阿宅回雅玲。

“我很少哭。”雅玲回关阿宅。

“话别说得太满！如果你那天哭了，我可以约你一起看日食吗？”关阿宅回雅玲。

“我对日食没兴趣。”雅玲回关阿宅。

“那你对什么有兴趣？”关阿宅回雅玲。

“比较想看萧敬腾的演唱会。”雅玲回关阿宅。

“如果你被感动了，我可以约你去看萧敬腾的演唱会吗？”关阿宅问雅玲。

“Maybe。”雅玲回关阿宅。

“你们看！你们看！她回我 Maybe 耶！她回我 Maybe 耶！”关阿宅兴奋大叫，整个医疗中心都听得到。

“只是个 Maybe 而已，有什么好高兴的？”高高迪翻白眼。

“至少她没有拒绝我，或说‘先去洗澡了’啊！”关阿宅激动地说。

“对阿宅来说，这次虽然没有拿到 100 分，但从 0 分一下子飙到 50 分，已经是重大突破了。”我道。

“我转运了！我转运了！我转运了！”关阿宅兴奋的神色维持了五秒，突然眉头一皱，“不过……”

“不过什么？”我问。

“这次的校园歌唱大赛，我没有报名。”关阿宅说。

“……”全场静默。

“搞了老半天，原来没有报名！”我没好气地说，“那怎么上台唱？”

“交给老子吧！”高高迪拍了拍胸脯，“老子什么都没有，就是朋友多！”

“你行不行啊？”关阿宅语带怀疑。

“怎么不行？老子能带你们混进破处趴，就能带你们混进歌唱大赛！”高高迪竖起食指，“但是，老子有一个条件……”

“什么条件？”关阿宅问。

“你也要帮老子，劝老子不要再纠缠霏霏！”高高迪阴森一笑，扬起邪恶的眉毛。

“Stoneman，翻译翻译。”关阿宅对我说。

“你也要帮你爸，劝高高迪不要再纠缠霏霏！”我说。

“翻错了吧！”高高迪大叫。

*　*　*　*　*　*　*　*　*

一年一度的校园歌唱大赛在学校礼堂隆重举行，台下坐满了来自各系所的同学、参赛者的粉丝、家人，还有一些演艺界的星探默默地躲在观众席。

经过三个小时的角逐，三十位参赛者一一出场后，主持人走到台前，宣布现在是评审们讨论和算分数的时间。

舞台后方，大宅们把关阿宅团团围住，为他加油打气。

“老子的朋友已经安排雅玲坐在第一排，她可以清清楚楚地看到你自弹自唱，接下来就看你的表现了！”高高迪对关阿宅说。

“你可不要走音哦！”小硬道。

“不会，这几天我已经反复练习了一百多次，绝对不会走音！”

关阿宅信心十足地说。

“阿宅，加油！”我说，“在我们这些人当中，大朋和川美已经陷入热恋，如胶似漆；高高迪忍了一个月，没有得到他想要的东西，却跟霏妈展开了一段女尊男卑的变态关系；小硬没有追到阿梅，最后跟了一个可以让他人生更美好的龇牙妹；现在，最有机会追到女神的，就只剩你了！”

“我一定会把她追到手！”关阿宅用力握拳。

“阿宅！别聊天了！主持人喊你的名字了！”大朋指着舞台的方向。

“加油啊！阿宅！”大宅们同声呐喊。

“谢谢大家！”关阿宅转身，拍了拍高高迪的肩膀，“最要谢的是你，谢谢你安排我当表演嘉宾！”

“切你爸的蛋！跟老子客气什么？赶快出去啦！”高高迪朝关阿宅的屁股狠狠一踢。

关阿宅拿着吉他走到台前，对着麦克风说：“这首歌，歌名是‘喜欢宣言’，记录了这段日子我暗恋某个女生的心路历程，她今天刚巧也在现场。”

台下观众鼓噪欢呼，关阿宅看着坐在第一排的女神，情不自禁地把声音转柔：“送给你，雅玲！”

微风吹拂我的脸颊　天空云朵思念晚霞

你的笑容　在我脑海　留下甜美烙印

东区路人行色匆匆　一想到你　小鹿乱冲
我的心区　没有行人　都是你的影子

草食的宅男　优柔寡断又被动
再暗恋下去　你只会变成我的回忆
希望　成为你的好朋友
希望　当你依靠的胸膛
希望一堆　却不敢行动　辗转难眠

站起来！我不要坐以待毙
站起来！让你知道我想你
站起来！不如为你写首歌《喜欢宣言》

“雅玲，就像歌词所说的，我的心里全是你的影子，怎么擦都擦不掉啊！我真的很有诚意，想当你的好朋友。”关阿宅说，“希望你可以给我一个机会，让我们一起实现梦想，一起互相打气，一起成长，说不定你会发现，我就是你这辈子最适合的那个人！”

雅玲偷偷擦掉眼眶的泪水，强装镇定。

阿里山上瑞雪纷飞　情侣穿梭雾淞嬉闹
突然想你　若被追去　我心也会结冰
圣诞树下万头攒动　你不在我空虚寂寞
打开你喜欢的汽水　尝你爱的味道

我恨我笨呆　爱为何不说出来

再暗恋下去　你只会变成我的回忆

希望　成为你的好朋友

希望　当你依靠的胸膛

希望一堆　却不敢行动　辗转难眠

站起来！我不要坐以待毙

站起来！让你知道我想你

站起来！不如为你写首歌《喜欢宣言》

全场掌声雷动，为这场表演画下一个完美的句点。

后来，雅玲拿下校园歌唱大赛的第二名；关阿宅由于只是负责表演，所以没有得名次。

曲终人散之际，大宅们正要陪阿宅离开礼堂，雅玲跑来门口拦住关阿宅。

“嗨！”雅玲雀跃地微笑着，看得出来发自内心。

“雅玲，恭喜你拿到亚军！”关阿宅说。

“谢谢。”雅玲道，“刚才你唱完那首歌之后，模特儿公司的人找我聊了一会。”

“他们找你聊什么？”关阿宅问。

“他们问我要不要当模特儿兼歌手，接受公司的培训，未来在演艺圈双线发展。”雅玲说。

“你有答应他们吗？”关阿宅问。

“还没，我说要考虑两天。”雅玲说。

“你会答应他们吗？”关阿宅问。

“应该会吧，当歌手是我小时候的梦想耶！”雅玲说。

“恭喜啊！有了这一大步，你的梦想更近了！”关阿宅说。

“那是因为你的关系。”雅玲说。

“我？”关阿宅指着自己的鼻子，受宠若惊。

“模特儿公司本来还在犹豫要不要找我谈，他们是因为听了你的那首歌，越听越觉得我有成为巨星的魅力和潜力，才决定立刻找我谈的。”雅玲说。

高高迪小声在我耳边嘀咕：“这证明了一个真理。”

“什么真理？”我问。

“真理就是，宅男永远都在替正妹做白工。”高高迪说，“阿宅让正妹发光发亮，自己却一无所有。”

“阿宅，我发现你很旺我耶！”雅玲说，“是不是想一起去看萧敬腾的演唱会？”

“是啊！”关阿宅问，“你……你愿意吗？”

“刚才你唱那首歌的时候，我在台下有哭。”雅玲说，“愿赌服输，不是你们男生的专利。”

“说得好！”关阿宅道，“那我们约个时间，一起去听演唱会！”

“好啊！”雅玲点点头。

“从今天起，我会努力创作更多歌曲，然后寄给唱片公司，争取成为一个实力派歌手。”关阿宅说，“将来，我要在演艺圈跟你平起平坐！”

“加油！”雅玲与关阿宅相视一笑。

此刻的关阿宅，眼神散发着一种迈向“人生胜利组”的光芒，锐不可当，遇神杀神！

MY GEEKY NERDY BUDDIES

版权登记号：01-2014-3982

图书在版编目(CIP)数据

大宅男 / 食冻面著 .—北京：现代出版社，2014.7
ISBN 978-7-5143-2929-2

Ⅰ. ①大… Ⅱ. ①食… Ⅲ. ①长篇小说－中国－当代
Ⅳ. ① I247.5

中国版本图书馆 CIP 数据核字（2014）第 127480 号

大宅男

作　　者 食冻面
责任编辑 赵海燕
出版发行 现代出版社
通讯地址 北京市安定门外安华里 504 号
邮政编码 100011
电　　话 010-64267325　64245264（传真）
网　　址 www.1980xd.com
电子信箱 xiandai@cnpitc.com.cn
印　　刷 三河市南阳印刷有限公司
开　　本 890mm × 1240mm　1/32
印　　张 8.75
版　　次 2014 年 7 月第 1 版　2014 年 7 月第 1 次印刷
书　　号 ISBN 978-7-5143-2929-2
定　　价 29.80 元

大宅男

MY GEEKY NERDY BUDDIES

虽然我现在
没有宝马奔驰，只有单车。
但是我愿意陪你疯狂，
陪你走遍世界的每一处角落。

《鲁蛇漫画》

食冻面 作品 Stoneman

LU Snake

以前那年代

你们闺蜜俩长得真像，
该不会是亲生姐妹吧？

现在这个时代

你们长得真像，
该不会是找同一个整形医生吧？

更多的爆笑鲁蛇漫画，
以及Stoneman的其他搞笑作品，
请上
FunNovel.com

爱上你不意外，
我是那十万分之一。
——萧敬腾《我就是爱你》
大宅男

大宅男
MY GEEKY NERDY BUDDIES

大宅男

MY GEEKY NERDY BUDDIES

DA ZHAI NAN

就算让我知道我永远只是单恋，
我也会安静陪在你的身旁，
只要需要，便会出现。守护本身就是种力量。

ove

世界这么大，我只愿为你一个人存在。

love

你为什么从来不跟我告白?
因为我觉得你不想听。
那，如果我想听呢?

大宅男
MY GEEKY NERDY BUDDIES

最痛是当时微笑送你走 等到你转身后
眼泪也不敢流
只怕你偶然还会回过头

——萧敬腾《疼爱》

大宅男
MY GEEKY NERDY BUDDIES